Christopher Isherwood
A Single Man

싱글 맨

크리스토퍼 이셔우드 소설

싱글 맨

조동섭 옮김

일러두기

1. 이 책은 Christopher Isherwood, *A Single Man* (University of Minnesota Press 2001)을 번역 저본으로 삼았다.
2. 본문 중의 각주는 옮긴이의 것이다.
3. 외국어는 가급적 현지 발음에 준하여 표기하되, 일부 우리말로 굳어진 것은 관용을 따랐다.

고어 비달에게 바칩니다.

잠에서 깨는 것은 **있다**와 **지금**을 말하는 것으로 시작한다. 깨어난 그것은 한동안 가만히 누운 채 천장을 쳐다보고 그것으로 내려와 **내가**가 인식되고, 그로부터 **내가 있다**가, **내가 지금 있다**가 추론된다. **여기**는 나중에 떠오르며, 부정적으로라도 안심이 된다. 왜냐하면 **여기**는 오늘 아침, 그것이 자신을 발견하리라 예상한 곳, 이름하여 **집**이기 때문이다.

그러나 **지금**은 단순히 지금이 아니다. **지금**은 잔인한 암시다. 어제에서 하루가 지난 때, 작년에서 한해가 지난 때. **지금**에는 모두 날짜가 붙어, 지난 **지금**을 모두 쓸모없게 만든다. 어쩌면 — 아니, 어쩌면이 아니라 — 아주 확실히 — 조만간, 그날이 올 때까지.

두려움이 미주신경을 비튼다. 저 멀리 어디에서 다가올 죽음을 기다리는 무엇이 안기는 메스꺼운 경련.

그러나 그사이에, 엄숙하고 엄격한 대뇌겉질은 중앙통제라는 제자리를 차지하고 하나씩 시험을 시작한다. 다리를 뻗고, 허리를 굽히고, 손가락을 꽉 쥐었다가 놓는다. 이제 내부통신 체계 전체에 그날 첫 일반명령이 내려진다. **일어나.**

고분고분하게 몸은 침대에서 스스로를 일으킨다. 관절염이 있는 엄지손가락과 왼쪽 무릎 때문에 눈살이 찌푸려진다. 날문이 경련을 일으켜서 가벼운 현기증도 인다. 벌거벗은 채 욕실로 비틀비틀 걸어가서, 방광이 비워지고, 체중계에 올려진다. 체육관에서 그렇게 고생하고도 아직도 68킬로그램이라니! 그리고 거울로.

거기서 그것이 보는 것은 얼굴이라기보다 궁지에 빠진 표정이다. 그것이 스스로에게 저지른 일, 그 오십팔년 동안 어찌어찌하여 만들어놓은 뒤죽박죽의 무엇. 흐릿하고 지친 눈빛, 거칠어진 코, 제 시큼한 독에 찌푸린 듯 양쪽 끝이 아래로 내려와 찡그린 입술, 근육의 닻에서 축 처진 뺨, 쭈글쭈글 주름져서 늘어진 목. 완전히 지친 수영 선수나 육상 선수의 모습. 그러나 포기할 기미는 보이지 않는다. 우리가 바라보는 저 동물은 끝날 때까지 계속 싸우리라. 용감하기 때문이 아니다. 다른 대안은 아무것도 상상할 수 없기 때문이다.

거울을 들여다보고 또 들여다보며, 그것은 그 얼굴 안에서 수많은 얼굴들을 본다. 어린아이의 얼굴, 소년의 얼굴, 젊은이의 얼굴, 그리 젊지만은 않은 얼굴. 그 얼굴들 모두가 슈퍼임포즈로 화석처럼 보존되어 있고, 화석처럼, 죽어 있다. 살아서 죽어가는 이 생명체에게 전하는 그 메시지. 우리를 봐. 우리는 죽었어. 겁낼 게 뭐 있어?

얼굴들에게 대답한다. 하지만 너희의 죽음은 아주 점진적으로 아주 쉽게 일어났잖아. **나는 갑자기 끝날까 두려워.**

그것은 바라보고 또 바라본다. 입술이 벌어진다. 입으로 숨을 쉬기 시작한다. 그러다가 대뇌겉질이 조급히 명령한다. 세수하고, 면도하고, 머리를 빗으라고. 알몸 상태는 가려져야 한다. 옷이 입혀져야 한다. 밖으로, 다른 사람들의 세상으로 가야 하니까. 그리고 그 다른 사람들이 그것을 알아볼 수 있어야 한다. 그것의 행동은 사람들에게 받아들여질 만해야 한다.

고분고분하게, 세수하고, 면도하고, 머리를 빗는다. 다른 사람들에게 해야 할 책임을 받아들이기 때문이다. 더 나아가서, 다른 사람들 사이에서 차지하는 자리에 기뻐하고 있기까지 하며, 다른 사람이 기대하는 바 또한 잘 알고 있기 때문이다.

그것은 제 이름을 알고 있다. 그것은 조지로 불린다.

그것이 옷을 다 입을 때쯤, 그것은 **그**가 된다. 이미 어느정도는 조지가 되었다. 사람들이 요구하고 인식할 준비가 된 그 완전한 조지는 아직 아니다. 아침 이 시간에 전화한 사람은, 지금 자신과 이야기를 나누고 있는 상대가 이런 사분의 삼 인간임을 깨달을 수 있다면, 어리둥절할 것이다. 겁먹기까지 할 것이다. 그러나 물론 사람들은 절대 깨달을 수 없었다. 그것의 목소리가 내는 조지 흉내는 거의 완벽하다. 샬럿마저 속는다. 샬럿이 어딘지 이상하다고 깨닫고 "조지, **괜찮아?**"라고 물은 적은 두세번뿐이다.

서재로 부르는 앞 방을 지나서 계단을 내려간다. 계단참에서 한 번 꺾이는 좁고 가파른 계단. 팔꿈치가 양쪽 난간에 각각 닿을 정도로 좁다. 173센티미터 밖에 안 되는 조지 같은 사람도 머리를 숙여야 한다. 빽빽하게 지은 작은 집이다. 이렇게 작은 집에서 조지는 오히려 안전하다고 느낀다. 외로움을 느낄 만한 빈 공간이 없으니까.

그래도 ——

날마다, 해마다, 이 좁은 장소에서, 작은 스토브 앞에 팔꿈치를 맞대고 서서 요리하고, 좁은 계단에서 간신히 서로 스쳐 지나가고, 작은 욕실 거울 앞에서 함께 면도하고, 계속 떠들고, 웃고, 실수든 고의든, 육감적으로, 공격적으로, 어색하게, 조급하게, 화나서든 사랑해서든 서로 몸을 부딪고 함께 사는 두 사람을 생각하라. 두 사람이 곳곳에 남길 수밖에 없는, 깊지만 보이지 않는 흔적들을 생각하라! 주방으로 가는 문은 너무 좁다. 손에 그릇을 든 두 사람이 서둘러 가면 이 문에서 부딪치기 십상이다. 거의 매일 아침 계단을 내려온 조지가 자기도 모르는 새 갑자기 참혹하게 꺾인 듯, 날카롭게 갈린 듯, 길이 산사태로 사라진 듯 느끼게 되는 곳도 여기다. 잠시 걸음을 멈추고, 늘 처음인 양 아프고 생소하게 깨닫는 곳도 여기다. 짐은 죽었다. 죽었다.

경련이 지나가기를 기다리는 동안 선 채로 꼼짝도 않는다. 아무 소리도 내지 않는다. 혹은 기껏해야 짐승의 끙끙 소리를 짧게 뱉는다. 그런 뒤 주방으로 걸어간다. 이 아침의 경련은 감상으로 여기기에 너무 고통스럽다. 경련이 지난 뒤에는 약하게나마 안도감을 느낀다. 갑작스러운 위경련이 낫는 것과 비슷하다.

오늘, 개미가 더 많다. 바닥에 굽잇길을 이루며 대열을 짓고 있다. 싱크대로 올라가서 잼과 꿀을 둔 벽장을 위협한다. 조지는 단호하게 살충제 스프레이로 개미들을 죽인다. 그러다가 문득 자신의 행동을 의식한다. 고집스럽고 사악한 늙은이가 이 질서 정연하고 감탄스러운 벌레에게 자기 의지를 과시하고 있다니. 진화의 왕국에서 아무 역할도 하지 않는 사물들 — 냄비와 팬, 칼과 포크, 통조림과 병 들 — 을 관객으로 생명이 생명을 파괴하고 있다. 왜? 왜? 동맹인 자연, 그 독재의 희생자 동료들에게서 우리 등을 돌리게 하여 자기 존재를 알아채지 못하게 만들려는 대독재자, 우주의 적 때문인가? 그러나 오호통재라, 조지가 이 온갖 생각을 다 떠올렸을 때에는, 이미 개미들은 죽어서 물걸레로 닦이고 하수구로 떠내려간 뒤다.

수란을 만들고, 베이컨과 토스트와 커피를 준비한다. 주방 식탁에 앉아서 먹는다. 먹는 동안 머릿속에 계속, 먼 옛날 어린 시절, 영국에서 살던 때에 유모에게서 배운 자장가가 떠오른다.

토스트에 올린 수란은 아주 맛있어 ─

(유모의 모습이 지금도 또렷이 보인다. 은발, 쥐처럼 반짝이는 눈동자, 아침 쟁반을 든 작고 통통한 몸, 긴 계단을 오르느라 헐떡이는 숨. 유모는 계단이 가파르다고 투덜거리며 '나무 산'이라고 부르곤 했다. 어린 조지의 귀에 신비롭게 들린 말이었다.)

토스트에 올린 수란은 아주 맛있어
하나를 먹으면 또 하나 먹고 싶지!

아, 어린 시절 그 기쁨의 가슴 아프게 불안정한 안락함! 수란을 맛있게 먹는 조지 도련님. 그런 조지를 바라보며, 이 작고 저주받은 그들만의 소중한 세상에서는 모든 게 안전하다고 안심시키는 미소를 짓는 유모!

짐과 함께하는 아침참이 하루 중 가장 좋았다. 두잔 혹은 세잔

째 커피를 마시는 그때에 대화가 가장 잘 이루어졌다. 머릿속에 떠오르는 것은 무엇이든 이야기했다. 물론 죽음도 있었다. 살아남을 수 있을지, 있다면 무엇이 살아남을지도 이야기했다. 순식간에 죽임을 당하는 것과 자신의 죽음을 미리 아는 것, 두가지의 상대적 장단점도 이야기했다. 그러나 이제 조지는 죽음에 대한 짐의 관점이 도저히 기억나지 않는다. 그런 질문들을 진지하게 받아들이기도 힘들다. 공론으로만 들릴 뿐이다.

망자가 살아 있는 사람을 다시 찾는다. 짐이 조지가 사는 모습을 보려고 돌아올 수 있다면, 대략 그렇게 말할 수 있다. 그것이 좋기만 할까? 애당초 그럴 가치가 있는 일일까? 기껏해야, 분명, 방대하게 자유로운 야외에서 잠깐 들여다볼 허락을 받은 외국 참관인의 짧은 방문 같을 것이다. 참관인은 멀리서, 유리 너머로 볼 것이다. 좁은 방 작은 식탁에 외로이 앉아 수란을 초라하게 느릿느릿 먹는 인물, 삶의 수인을.

거실은 어둡다. 천장은 낮고, 창 맞은편 벽은 온통 책이다. 이 책들 때문에 조지가 더 고상해지지도 더 나아지지도 더 진정으로 현명해지지도 않았다. 조지는 책의 목소리를, 기분에 따라 이 목소리, 저 목소리를 듣기 좋아할 뿐이다. 사람들 앞에서는 책을 존중하는 듯 말해야 하지만, 꽤 무자비하게 책을 오용한다. 잠들려고,

시곗바늘에서 주의를 돌리려고, 계속되는 날문경련수축을 달래려고, 우울에서 벗어날 잡담을 들으려고, 배설을 위한 장운동을 도우려고.

이제 책 한권을 꺼낸다. 러스킨*이 조지에게 말한다.

……초등학교에 다닐 때에는 딱총을 좋아했다. 라이플총과 암스트롱 포**는 딱총과 만듦새만 다를 뿐 똑같다. 그러나 나쁜 점은, 아이에게는 놀이인 것이 참새에게는 놀이가 아니었다는 사실이다. 그리고 이제, 어른에게 놀이인 것이 국가라는 작은 새들에게는 놀이가 아니다. 그런데 검은 독수리의 경우에는, 내가 잘못 보지 않았다면, 총 쏘기를 약간 두려워하고 있다.

늙은 러스킨. 아니꼽다. 늘 전적으로 옳다. 그리고 미쳤다. 구레나룻을 달고 호되게 영국을 꾸짖는다. 러스킨은 오늘 화장실에서 오분을 함께할 더없이 좋은 동행이다. 조지는 책을 들고 마뜩하게 다가오는 장운동을 느끼며 성큼성큼 계단을 올라가서 화장실로 간다.

---

* 존 러스킨(1819~1900). 영국의 저술가, 사상가, 미술 비평가.
** 19세기 후반에 쓰인 대포의 한 종류. 영국 윌리엄 암스트롱이 고안함.

변기에 앉으면 창밖이 보인다. (길 건너에서 조지의 머리와 어깨가 보이지만, 조지가 무엇을 하는지는 보이지 않는다.) 캘리포니아의 미지근한 잿빛 겨울 아침이다. 하늘은 태평양의 안개로 낮고 부드럽다. 해변 너머에서는 대양과 하늘이 슬픈 잿빛으로 부드럽게 하나가 되어 있을 것이다. 야자나무는 흔들림 없이 서 있고, 협죽도 덤불 잎에서 이슬이 떨어지고 있을 것이다.

이 거리의 이름은 녹나뭇길이다. 전에는 여기서 녹나무가 자랐나보다. 이제는 전혀 없다. 1920년대 초, 음침한 로스앤젤레스 중심가와 젠체하는 패서디나에서 벗어나고자 한 개척자들이 이 지역을 발견한 뒤, 그림 같은 이름을 붙이고자 녹나뭇길이라고 불렀을 것이 틀림없다. 회벽 방갈로와 판잣집을 별장이라 부르며, '갑판'이나 '하이 너프'* 같은 귀여운 이름을 붙였을 것이다. 좁은 도로와 골목과 오솔길에 바라던 대로 숲 분위기를 내려 했을 것이다. 영어를 쓰는 아열대 마을에 몽마르트르 분위기를 불어넣으려는 유토피아적 꿈을 꾸었던 것이다. 그림을 조금 그리고, 글을 조금 쓰고, 술을 많이 마시는 **아담하고 좋은 장소**. 개척자들은 스스로를 후방의 개인주의자들로 여겼고, 20세기에 맞서는 마지막 진지를 구축했다. 영혼을 파괴하는 도시의 상업주의에서 탈출한 것에 아침부터 저녁까지 떠들썩하게 고마워했다. 서로 안부를 끝없이 물었고, 서로에게 한없이 관대했다. 요란하고, 유쾌하고, 반항적인

---

* Hi nuff. '아주 넉넉한'이라는 뜻의 구어.

보헤미안들이었다. 싸움이 나면 변호사를 통하는 것이 아니라, 최소한 주먹과 병과 가구로 싸웠다. **거대한 변화**가 이곳에 몰아닥치기 전에 개척자 대부분이 세상을 떠났으니 다행스러운 일이었다.

변화는 1940년대 말에 시작되었다. 이차대전 참전용사들이 더 좋은 새 번식지를 찾아 동부에서 새색시와 함께 화창한 남쪽 땅으로 몰려왔다. 이곳은 참전용사들이 배를 타고 태평양으로 떠나기 전에 향수를 안고 마지막으로 흘깃 보았던 고향 땅이었다. 태어날 갓난아기의 목숨을 위협할 찻길도 없고 오분만 걸으면 해변이 나오는 이 언덕 동네보다 자손을 번성시키기에 더 좋은 곳이 어디 있을까? 밀주 진 냄새가 진동하고 하트 크레인의 시가 울리던 별장들은 차례로, 콜라를 마시며 텔레비전을 보는 사람들에게 점령됐다.

물론 참전용사들도 본래의 보헤미안 유토피아에 잘 적응했을지도 모른다. 심지어 숙취 사이에 그림을 그리거나 글을 쓴 사람이 있었을 수도 있다. 그러나 그 아내들은, 애초부터 아주 명확하게, 자녀 양육과 보헤미안은 양립할 수 없다고 남편에게 설명했다. 자식을 키우려면 안정된 직업이 있어야 하고, 주택 융자를 받아야 하며, 신용이 있어야 하고, 보험도 들어야 한다고. 가족의 장래를 확실히 다지기 전에는 감히 죽어서도 안 된다고.

그래서 아기가 나타났다. 태어나고, 태어나고, 또 태어났다. 조그마한 옛 학교 건물은 여러채의 커다란 새 건물들로 바뀌었다. 해변에 있던 허름한 시장은 거대해졌다. 녹나뭇길에는 표지판 두개가 붙었다. 하나에는, 냇물이 오염되었으니 냇가에서 자라는 냉이를 먹지 말라고 적혀 있었다. (이곳에 처음 살던 사람들은 오랫동안 그 냉이를 먹었다. 조지와 짐도 먹었지만 맛만 좋았고 다른 탈은 없었다.) 다른 표지판에는 불길하게 노란 바탕에 검은 글자로 **아이들이 놀고 있음**이라고 적혀 있었다.

조지와 짐도 처음 이곳에 집을 보러 왔을 때 그 노란 표지판을 보았다. 그러나 무시했다. 이미 그 집을 몹시 좋아하게 되었기 때문이다. 내를 건너는 다리를 지나야만 집에 갈 수 있어서 좋았다. 주위가 온통 숲이고, 뒤는 덤불이 무성한 가파른 절벽이어서, 마치 숲 벌판에 숨은 집 같았다. 조지가 말했다. "우리 둘만의 섬에 있는 것처럼 좋네." 발목까지 올라오는 플라타너스 낙엽 (항상 골칫거리다) 사이를 거닐었다. 이제는 이 집이라면 무엇이든 좋아할 작정이었다. 낮고 눅눅하고 어두운 거실을 들여다보면서, 두 사람 다, 벽난로를 켜면 밤에 아주 아늑하겠다고 생각했다. 반은 죽고 반은 산 채 어마어마하게 자라서 튀어나온 담쟁이덩굴로 뒤덮인 차고는 실제보다 두배 더 크게 보였다. 포드 T 모델 시대에 지은 차고이니, 차고 안은 좁았다. 짐은 차고에 동물을 키우면 좋겠다고 생각했다. 어쨌든 짐과 조지의 차는 둘 다 차고에 비해 너무 컸고, 차는 다리에 두면 됐다. 짐과 조지는 다리가 조금 흔들리기 시작하는 것을 알아챘다. 짐이 말했다. "뭐, 그래도 우리가 살아 있는 동안에는 버티겠지."

그 첫 오후에 조지와 짐이 그 집을 보았던 것처럼 이웃 아이들도 집을 본다. 우거진 담쟁이로 어둡고 비밀스러워 보이는 집은, 옛날이야기 그림책에 나오는 못된 괴물이 은신처로 삼기에 딱 좋은 곳이다. 조지는 혼자 살게 된 이후, 자기도 모르는 새 점점 폭력적으로 되어가며 그 괴물 역을 맡게 되었다. 그 괴물 역은 조지가 짐에게 드러내기 싫었던 성격을 내보인다. 스트렁크 부인의 아들 베니와 가페인 부인의 아들 조가 감히 다리에서 이리저리 뛰어다니는 동안 조지가 창에서 팔을 흔들며 광인처럼 소리치는 모습을 짐이 본다면, 짐은 무슨 말을 할까? (짐은 늘 아이들과 아주 수월하게 잘 어울렸다. 스컹크와 너구리를 쓰다듬게 했고, 구관조와이야기하게 했다. 그래도 아이들은 짐이 부르지 않으면 절대 다리를 건너지 않았다.)

맞은편에 사는 스트렁크 부인은 가끔 의무감에 아이들을 나무란다. 아이들에게, 조지는 교수이고 열심히 공부해야 한다고 설명하며 조지를 성가시게 하지 말라고 말한다. 스트렁크 부인은 천성이 다정하지만, 집에서 허드렛일로 고생하며 점점 지쳐 조용해지고, 스트렁크 씨의 다섯 아들과 두 딸을 낳고 키우느라 라디오 가

수 생활을 다 포기해서 생긴 후회로 조금 우울해진 사람이다. 그런 스트렁크 부인도 참지 못하고, 베니(막내아들)가 이제 조지를 '괴물'이라고 부른다는 말을, 어머니다운 관대한 미소를 지으며, 아들의 말에 동의한다는 기색을 아주 희미하게 내비치며, 조지에게 들려준다. 조지가 베니를 마당에서 다리 건너 길까지 쫓아낸 뒤로 그렇게 불리며, 그것은 베니가 망치로 조지의 집 문을 두들겼기 때문이었다.

조지는 고함치는 자기 모습이 부끄럽다. 겉으로만 그런 것이 아니기 때문이다. 정말로 화가 나고, 나중에는 창피해서 속이 불편해진다. 그런 한편, 아이들은 조지가 그렇게 행동하기를 바라고, 조지도 그런 아이들의 마음을 잘 알고 있다. 실제로 아이들은 조지가 그런 행동을 하게 만든다. 만약 조지가 갑자기 괴물 역을 연기하지 않으면, 조지가 아이들에게 자극을 받지 않으면, 아이들은 대체물을 찾아서 주위를 살펴야 할 것이다. 아이들은 이게 장난인지, 아니면 저 아저씨가 정말 우리를 미워하는지 의문을 품지 않는다. 아이들은 이야기 속 인물로 조지를 볼 뿐, 그에게는 전혀 관심이 없다. 신경 쓰는 사람은 조지뿐이다. 그래서 조지는 한 달 전쯤 나약한 모습을 보인 순간이 부끄럽기만 하다. 그때 조지는 사탕을 산 뒤 거리에서 아이들에게 내밀었다. 아이들은 고맙다는 인사도 없이 사탕을 받으며, 조지를 신기한 듯 불편한 표정으로 바라보았다. 그 순간 아이들은 조지에게서 경멸을 처음 배웠을 것이다.

한편 러스킨은 완전히 울화통을 터뜨린다. "취향이 **유일한** 도덕이다!" 러스킨이 조지에게 삿대질하며 소리친다. 러스킨이 지루해진다. 조지는 문장 중간에 책을 덮어서 러스킨의 말을 끊는다. 아직 변기에 앉은 채 창밖을 내다본다.

고요한 아침. 아이들은 모두 학교에 갔다. 크리스마스 연휴까지 아직 두주 남았다. (크리스마스를 떠올리자 일순 몹시 괴롭다. 멕시코시티로 비행기를 타고 가서 일주일 동안 술집들을 마구 돌아다니며 취하는 것 같은 끔찍한 일을 할지도 모른다. 그러면 안돼, 앞으로도 절대 안 돼, 목소리는 조지에게 진력내며 차갑게 말한다.)

아, 베니가 또 망치를 들고 나타난다. 보도에 내놓은 쓰레기통들을 뒤져서 망가진 체중계를 꺼낸다. 조지가 지켜보는 동안 베니는 망치로 체중계를 내려치기 시작한다. 내려치면서 입으로는 신음 소리를 낸다. 체중계가 아파서 비명을 지르는 시늉을 하는 것이다. 이런 아이를 자랑스러워하는 어머니면서 스트렁크 부인은 해도 없는 어린 왕뱀들이 징그럽다고 몸서리치며 어떻게 왕뱀들을 만질 수 있느냐고 짐에게 묻곤 하지 않았나!

베니가 체중계 살해를 마친 뒤 조각난 내부를 내려다보는 그 순간, 스트렁크 부인이 베란다에 나와서 베니에게 말한다. "다시 넣어! 쓰레기통에 다시! 당장 넣어! 도로! 다시 넣어! 쓰레기통에 다시!" 스트렁크 부인의 목소리는 의식적으로 다정하게 노래하듯 오르내린다. 스트렁크 부인은 절대 아이들에게 소리치지 않는다. 부인은 심리학책들을 다 읽었고, 베니가 나이에 딱 맞게 **공격적 시기**를 지나고 있으며 그런 행동은 더없이 보편적이고 건강하다고 생각한다. 부인은 골목 너머로 목소리가 들릴 수 있다는 것도 안다. 그러나 들리더라도 지금은 **엄마들의 시간**이니 괜찮다. 베니가 마침내 부서진 조각들을 쓰레기통에 넣자, 부인은 "장하네!"라고 노래하고 미소를 지으며 집으로 들어갔다.

베니는 더 어린 아이들이 놀고 있는 곳으로 훼방을 놓으러 간다. 남자아이 둘과 여자아이 하나가 스트렁크네와 가페인네 사이 공터에서 구멍을 파며 놀고 있다. (스트렁크네와 가페인네는 도로를 정면으로 바라보며 훤히 트여 있다. 조지의 소굴이 구석에 은밀히 물러나 있는 것과 대조를 이룬다.)

공터에 있는 늙은 아름드리 유칼립투스 나무 아래에서, 베니가 아이들을 밀치고 구멍을 판다. 베니는 점퍼를 벗고 여자아이에게 들고 있게 한 뒤, 손에 침을 뱉고 삽을 쥔다. 땅에 묻힌 보물을 찾는 텔레비전 속 인물 같다. 이런 어린아이들은 그렇게 흉내만 낼 뿐이다. 어린아이들은 말을 배우자마자 광고음악만 따라서 부른다.

그러나 이제 남자아이 하나가 베니의 땅파기에 싫증을 낸다. 베니의 아버지가 보이스카우트 단장인 양 명령만 내릴 때 베니가 싫증을 내는 것과 같은 이유다. 싫증이 난 아이는 혼자 걸어가서 카바이드 대포를 쏜다. 조지는 전부터 여러 차례 스트렁크 부인을 찾아가서 그 아이 어머니에게 대포 소리 때문에 서서히 미쳐갈 것 같다고 대신 이야기를 전해달라고 부탁해왔다. 그러나 스트렁크 부인은 자연스러운 성장기 무질서에 간섭할 마음이 전혀 없다. 스트렁크 부인은 회피하듯 웃으며 조지에게 말한다. "**제** 귀에는 아이들 소리가 소음으로 안 들려요. **행복한** 소리잖아요."

스트렁크 부인의 시간과 모성의 힘은, 큰 아들딸이 학교에서 돌아오는 오후까지만 지속된다. 아이들은 떼를 지어 집으로 오고, 사내아이들은 오자마자 튀어나가서 공놀이라는 남자들의 시간을 갖는다. 사내아이들은 서로 크고 거칠게 소리치며, 오만하게 우아한 동작으로 공을 차고 뛰어오르고 공을 잡는다. 공이 어느 집 뜰에 들어가면, 아이들은 미안하다는 생각도 없이 꽃을 밟고, 돌 정원을 돌아다니고, 베란다로 뛰어든다. 도로로 들어온 자동차는 아이들이 길을 비킬 때까지 기다려야 한다. 아이들은 제 권리를 알고 있다. 이 시간부터 유아를 둔 어머니들은 유아가 다치지 않게 집 안에 두어야 한다. 여자아이들은 삼삼오오 베란다에 앉아서 낄낄거린다. 눈은 늘 남자아이들에게 두고, 남자아이들의 시선을 끌기 위해서 아주 이상한 일도 서슴없이 한다. 가령, 코디네 딸들은 아주 늙은 검정색 푸들이 나일 강의 클레오파트라인 양 푸들에게 계속 부채질한다. 그래도 그 시간에는, 남자아이들이 여자아이들에게 눈길도 주지 않는다. 사귀는 사이라도 무시한다. 이때는 여자아이들의 시간이 아니다. 이때 여자아이들에게 말을 걸 남자아이들은, 푸들의 고불고불한 털에 리본을 매는 예쁘장하고 여성스러운 병원 집 아들처럼, 나긋나긋한 말투의 순한 아이들뿐이다.

그다음, 이윽고, 남자들이 퇴근해서 돌아온다. 그때는 남자들의 시간이다. 공차기는 끝나야 한다. 스트렁크 씨는 종일 멍청한 부자 미망인에게 부동산을 파느라 신경이 곤두서 있고, 가페인 씨는 수영장 설비 회사에서 긴장된 업무를 마친 뒤 성질이 날카로워져 있기 때문이다. 스트렁크 씨와 가페인 씨를 비롯한 아버지들은 아이들의 소음을 더이상 못 참는다. (스트렁크 씨는 일요일이면 아들들과 함께 공놀이를 한다. 그러나 그것은 스트렁크 씨가 생각하는 체육 교육의 일환일 뿐이며, 진지하게 열중하지만, 재미는 전혀 없다.)

주말마다 파티가 열린다. 십대들은 숙제를 마치지 않아도 춤을 추고 애무하도록 떠밀린다. 어른들이 자녀들의 눈을 피해서 휴식을 취하려고 필사적이기 때문이다. 스트렁크 부인은 가페인 부인과 주방에서 쌜러드를 준비하고, 스트렁크 씨는 베란다에 바비큐 기기를 내놓으며, 가페인 씨는 술병과 셰이커가 담긴 쟁반을 들고 두 집 사이의 공터를 지나며 해병대 어조로 즐거이 외친다. "마티니가 갑니다!"

칵테일을 마시고, 너털웃음을 웃고, 꽤 진한 음담패설을 늘어놓고, 다른 부인의 엉덩이를 다소 은밀히 꼬집고, 스테이크와 파이를 먹으며 두세시간을 보낸 뒤, **아가씨들**─스트렁크 부인과 다른 부인들이 자신들을 가리키는 이 호칭은 아흔살까지 계속될 것이다─은 설거지를 하고, 스트렁크 씨와 남편들은 베란다에서 술잔을 들고 진지해진 대화로 웃고 떠든다. 이제 일 고민은 잊는다. 자부심과 즐거움이 넘친다. 이들 중 가장 못한 사람이라도 미국이라는 유토피아, 지구 위 좋은 삶의 왕국—러시아인들은 조잡하게 흉내를 내고, 중국인들은 증오하지만, 그럼에도 불구하고 그것을 물려받으려는 헛된 희망에 몇 대에 걸쳐 그들 자신을 숙청하고 굶기는—의 공동 소유주이기 때문이다. 아, 그렇다, 정말이지, 스트렁크 씨와 가페인 씨는 자기들 왕국을 자랑스럽게 여긴다. 그런데 왜 그 목소리는 낯설고 어두운 동굴을 탐험하며 서로를 부르는 아이들의 목소리처럼, 점점 커지고 점점 거칠어지기만 할까? 스트렁크 씨와 가페인 씨는 자기들이 두려워한다는 것을 알까? 아니, 모른다. 그러나 그들은 몹시 두려워하고 있다.

무엇을 두려워할까?

자신들을 둘러싼 어둠속 어디에 있는, 자신들도 알고 있는 존재들을, 언제라도 섬광등 불빛 아래 더는 무시할 수도 설명할 수도 없이 훤히 드러날지 모르는 것들을 두려워한다. 자신들의 평균에 맞지 않는 악령, 성형수술을 마다하는 고르곤, 야만스럽고 서툴게 후루룩거리며 피를 마시는 흡혈귀, 디오더런트를 쓰지 않아서 악취가 나는 짐승, 아무리 쉿 하며 조용히 시켜도 제 이름을 드러내려 하는 온갖 존재들.

조지는 말한다. 다른 여러 괴물들 중에서도 무엇보다, 이 자그마한 나를 두려워하지.

조지는 자신을 스트렁크 씨가 한 단어로 깎아내리려 한다고 생각한다. **퀴어**라고 으르렁거릴 것이 틀림없다. 그러나 어쨌든 지금은 1962년이니, 스트렁크 씨라도 내 가까이 오지 않는 한 그 사람이 어떻든 상관하지 않겠어 하고 덧붙여야 할지 모른다. 심리학자들조차 이 세계의 스트렁크 씨들에 대해 그런 발언에 기초해 결론을 도출하는 것에는 동의하지 않는다. 스트렁크 씨 자신도 대학교 미식축구 유니폼을 입고 찍은 사진으로 판단하자면, 이른바 '미인'으로 불리는 데에 익숙했을 것임은 여전한 사실이다.

그러나 스트렁크 부인은 남편과 조금 다르다. 그 점은 조지도 확실히 느낀다. 스트렁크 부인은 새로운 관용을 교육받았다. 이제 종과 촛불은 필요 없다는 심리학책들을 읽은 덕분이다. 스트렁크 부인은 부드러운 노랫가락으로 심리학책을 읽으면서, '차마 말할 수 없는 것'을 조지로부터 쫓아내는 구마 의식으로 나아간 것이다. 스트렁크 부인은 읊조린다. 혐오할 이유가 없다고, 경멸할 까닭이 없다고. 의도적으로 악한 면은 전혀 없다고. 타고난 것일 뿐, 성장 환경(아들에게 집착하는 어머니, 남학교와 여학교가 따로 있는 영국 학교, 모두 부끄러운 줄 알아라!)과 사춘기, 그리고/또는 분비샘의 발육 문제일 뿐이라고. 인생의 가장 좋은 것들에서 영원히 제외된, 이 세상에 어울리지 못하는 사람이니, 비난이 아닌 동정을 받아야 한다고. 아주 어릴 때 발견된 경우에는 치료가 통할 **수도** 있지만, 나머지는, 아, 몹시 안타까울 뿐, 특히, 솔직하게 생각해서, 가진 것도 많고 정말 값진 사람이 그럴 때에는 더더욱 안타깝다고. (그럼에도 천재라 할지라도, 그 걸작은 어쩔 수 없이 **뒤틀**

릴 수밖에 없다.) 그러므로 이해심을 발휘해야 한다고. 어쨌거나 고대 그리스인들도 있었음을 명심하자고. (그리스인은 신경증 환자가 아니라 이교도였기 때문이니 조금 다르기는 하지만.) 그뿐인가. 때로 이런 관계가 아름다울 수 있다는 말도 할 수 있다고, 특히, 그 둘 중 하나가 죽었다면, 아니, 두 사람 다 죽었다면 더.

스트렁크 부인은 짐을 애도하는 즐거움을 진정 누릴 수 있었을 텐데! 그러나 오호통재라, 스트렁크 부인은 모른다. 누구도 모른다. 사고는 오하이오에서 일어났고, 로스앤젤레스 신문에는 실리지 않았다. 조지는 그저 간단히 말했다. 짐의 부모가 살날이 얼마 남지 않았으니 집에 와서 같이 살자고 짐을 설득하려 애썼는데, 짐이 얼마 전에 부모를 만나러 갔다고. 그리고 이제 동부에 영원히 머물게 됐다고. 그 말은 불변의 사실이다. 짐을 떠올리게 하는 악마 같은 동물들은 즉시 시야에서 치워야 했다. 이웃 어디에 있다는 생각조차 참을 수 없었다. 그래서 가페인 부인이 구관조를 사고 싶다고 말했을 때, 조지는 모두 짐에게 보낼 것이라고 대답했다. 동물들은 쌘디에이고에서 온 상인이 데려갔다.

그리고 이제, 스트렁크 부인을 비롯한 사람들이 물으면 조지는, 그렇지 않아도 짐에게서 얼마 전에 연락을 받았고 잘 지낸다고 대답한다. 질문은 점점 줄어든다. 사람들은 정말로 궁금한 것은 아니다.

조지는 말한다. 그러나 스트렁크 부인, 부인이 읽는 책은 틀렸어요. 그 책에는 내가 짐을 진짜 아들, 진짜 동생, 진짜 남편, 진짜 아내의 대용품으로 생각한다고 적혀 있죠. 그러나 짐은 무엇의 대용품이 아닙니다. 죄송한 말씀이지만, 짐의 대용품도 없습니다. 어디에도요.

스트렁크 부인, 부인의 구마 의식은 실패했어요. 조지는 변기에 앉은 채 소굴 밖을 엿보면서, 스트렁크 부인이 진공청소기 먼지 봉투를 쓰레기통에 비우는 모습을 지켜보며 말한다. '차마 말할 수 없는 것'은 여전히 여기 있어요. 바로 당신들 한가운데에.

빌어먹을 전화.

전화국에서 아무리 긴 선을 주어도, 욕실까지는 닿지 않는다. 조지는 일어난 뒤, 두 발을 자루 속에 넣고 뛰어가는 경주를 하는 사람처럼 엉금엉금 서재로 간다.

"여보세요?"

"여보세요? 거기…… 조지 맞지?"

"안녕, 샬럿."

"혹시 너무 일찍 전화했나? 아니지?"

"아니야."(이런, 조지는 벌써 샬럿 때문에 짜증이 나기 시작한다! 밑도 닦지 않고 바지를 발목에 걸친 채 불편하게 서 있게 했다고 샬럿을 비난한다면 비이성적이지 않은가? 그래도 샬럿이 적당하지 않은 순간만 골라서 전화하는 천리안이 있음은 인정해야 한다.)

"정말?"

"정말이고말고. 아침도 벌써 다 먹었어."

"조금 더 지나면, 학교로 출근하고 없을 것 같아서…… 세상에, 시간이 **이렇게** 된 줄도 모르고 있었네! 출발했어야 하는 거 아냐?"

"오늘은 강의가 하나뿐인 날이야. 11시 30분에 시작이고. 일찍 나가는 날은 월요일이랑 수요일이야."(꾹 참고 있음을 슬쩍 강조하는 어조로 이 모두를 설명한다.)

"아, 그래 — 그래, 맞아! 난 정말 바보인가봐! **만날** 잊어버린다니까."

(침묵. 조지는 샬럿이 청할 게 있어서 전화한 것을 알면서도, 거들지는 않는다. 샬럿이 우물쭈물하자 조지는 짜증이 난다. 샬럿은 **왜** 자기가 조지의 강의 일정을 당연히 **알아야 하는** 듯이 말할까? 아무리 소유욕이 많은 샬럿이라도 이것은 지나치다. 그리고 샬럿이 정말 조지의 강의 일정을 알아야 한다면, 왜 늘 헷갈리는 걸까?)

"조지……"(아주 공손하게.) "오늘 저녁에 **혹시** 시간 있어?"

"아니, 없어."(입 밖에 내기 직전까지도 조지는 어떻게 대답해야 할지 몰랐다. 그렇게 정한 것은 샬럿 목소리에 스민 필사적인 분위기 때문이다. 조지는 샬럿의 히스테리를 받아줄 기분이 아니다.)

"아, 그렇구나…… 그럴지도 모른다고 생각했어. 내가 너무 늦게 말했지?"(샬럿은 얼마쯤 놀란 목소리로 말한다. 아주 조용하며 절망적인 목소리다. 조지는 가만히 서서 흐느끼는 소리가 들리는지 귀를 기울인다. 아무 소리도 들리지 않는다. 조지는 얼굴을 찌푸린다. 죄책감도 느끼고, 불편하기도 해서다. 묶인 발목, 끈끈한 기분이 점점 더 확연해지며 불편하다.)

"시간이 없을 줄 알았어. 그런데, 혹시, 아주 중요한 일이겠지?"

"안타깝지만 그래."(죄책감의 찌푸림은 사라진다. 이제 조지는 샬럿에게 화가 난다. 이렇게 들볶이기 싫다.)

"알았어…… 아, 신경 쓰지 마."(이제 샬럿의 목소리가 쾌활하다.) "그럼 내가 며칠 뒤에 다시 연락할까?"

"좋지."(아, 이제 샬럿이 평소의 모습을 찾았는데, 조금 더 다정하지 못할 까닭이 있겠어?) "아니면 내가 전화하든지."

(잠시 침묵.)

"그럼, 잘 지내, 조지."

"안녕, 샬럿."

이십분 뒤, 스트렁크 부인이 베란다에서 히비스커스 덤불에 물을 주며, 다리를 건너오는 조지의 자동차를 지켜본다. (요즘 다리는 심하게 삐걱거린다. 부인은 조지가 다리를 고치기 바라고 있다. 자기 아이가 다칠지도 모르니까.) 조지가 도로로 반쯤 돌아 갈 때, 부인은 조지에게 손을 흔든다. 조지도 부인에게 손을 흔든다.

부인은 생각한다. 불쌍한 사람. 저기서 혼자 지내다니. 얼굴은 다정한데.

해변에서 쌘토머스 주립대학교까지 오십분이면 갈 수 있다. 이 것은 로스앤젤레스 고속도로의 경이와 축복이다. 적신호들이 계속 길을 막는 시내를 엉금엉금 기어서 그 너머 시외로 빠져나가야 했던 옛날에는, 거의 두시간이 걸렸다.

조지는 고속도로에 애국심 같은 감정을 느낀다. 사람들이 길을 잃을 정도로, 때로 출구를 눈앞에 두고 깜짝 놀라며 급히 속도를 줄여야 할 정도로 빠른 고속도로가 조지는 자랑스럽다. 조지는 고속도로를 사랑한다. 고속도로를 잘 지나다닐 수 있기 때문이며, 그로써 자신이 사회의 어엿한 일원임을 증명할 수 있기 때문이다. 조지는 아직 **잘 지낼** 수 있다.

(범죄에 심한 강박감을 느끼는 사람이 모두 그렇듯, 조지도 법령, 시 조례, 규범, 사소한 규제 등을 과잉의식한다. 주차료를 내지 않은 사소한 것이 빌미가 되어 붙잡힌 **공공의 적**이 얼마나 많은지 생각해보라! 국경에서 여권에 스탬프가 찍힐 때마다, 우체국 직원이 운전면허증으로 신분을 확인할 때마다 조지는 늘 **바보들, 나한테 또 속는군!** 하고 기뻐하며 속으로 속샀였다.)

조지는 오늘 아침, 거대 도시의 미친 마차 경주 한가운데에서 또 사람들을 속일 것이다. 벤허도 틀림없이 겁먹을 경주다. 가장 빠른 속도를 내려고 차선을 옮기고, 빠른 왼쪽 차선에서는 속도를 시속 130킬로미터 이하로 절대 떨어뜨리지 않으며, 정신 나간 십 대가 뒤에 바싹 붙거나, 여자가 앞에 불쑥 끼어들어도 (문에서 여자가 먼저 지나가게 하는 데에서 나오는 습관이다) 절대 당황하지 않는다. 모터사이클을 탄 교통경찰은 증거 없이도 쫓아온다. 빨간 불을 번쩍이며 뒤쫓아서 길가로 차를 대게 하면 어쩔 도리가 없다. 그러면 경찰은 정중하지만 엄하게 양로원으로 끌어간다. 아름답게 정돈된 그곳에서는 **연장자들**(이 **따분한 자들의 나라**에서는 **노인**이라는 말이 '검둥이'나 '유대 놈' 같은 욕이 되었다)이 노화에 익숙해지며, 어릴 적에 하던 놀이를 조금 다르게 다시 배운다. 이제 그 놀이는 **수동적 레크리에이션**이라 불린다. 아, 연장자들도 할 수 있으면 섹스하게 하라. 할 수 없으면, 애들처럼 에로틱한 놀이라도 마음껏 하게 하라. 결혼하게 하라. 여든살이든, 아흔살이든, 백살이든, 무슨 상관인가. 연장자들이 고속도로에 나와서 어슬렁거리며 교통을 막지 않도록 그 주의를 끌 만한 일들은 무엇이든 하라.

고속도로에서 이어지는 램프로 들어갈 때면 늘 약간 기분 나쁜 순간을 마주친다. 이른바 **병목현상**이다. 신경이 스멀스멀한 기분,

설명할 수 없지만, 보이지도 않지만, 추돌을 당할 것 같은 기분. 그저 백미러를 보는 것만으로는 풀리지 않는 기분. 그러다가 곧이어 고속도로로 들어서고 병목현상에서 확실히 빠져나와서 쌘퍼낸도 계곡으로 향하는 완만하고 긴 경사면을 올라간다.

이제 운전을 하는 조지의 모습은 자기최면에 걸린 듯하다. 이완된 표정, 쫙 편 어깨, 시트 뒤로 푹 파묻은 몸. 반사작용이 장악하고 있다. 왼발은 고르고 굳은 힘으로 클러치 페달을 누르고 있고, 오른발은 신중하게 엔진에 연료를 공급한다. 왼손은 가볍게 핸들 위에 올라 있고, 오른손은 정확하게 기어를 고속으로 바꾼다. 도로에서 백미러로, 백미러에서 도로로, 서두르지 않고 움직이는 눈은 조용히 앞으로, 뒤로, 차 사이 간격을 재고…… 어쨌든 미친 마차 경주는 아니다. 구경꾼이나 신경이 곤두선 초보 운전자에게만 그렇게 보일 뿐이다. 잔잔한 힘으로 하류를 향해서 만수가 되어 흘러가는 강이다. 그 흐름을 따라가는 한, 두려워할 것은 전혀 없다. 사실, 그 흐르는 속도 한가운데에서 나태와 안정을 발견할 수 있다.

이제 조지는 새로운 모습을 드러낸다. 얼굴이 다시 긴장된다. 턱 근육이 조금 부푼다. 입이 앙다물어지고 뒤틀린다. 입술이 일자로 맞붙는다. 미간이 신경질적으로 찌푸려진다. 그러나 이런 일들이 벌어지는 동안에도 몸 나머지 부분은 더할 나위 없이 편안하다. 점점 더 분열되는 것 같다. 별개의 독립체, 의지나 개성은 거의 없이, 근육 조정력의 화신만 남아, 불안감은 없이, 요령껏 침묵하며, 주인을 직장까지 모시는, 무감각한 익명의 '운전사 인물'이 되는 것 같다.

조지는 차 운전을 하인에게 맡긴 주인처럼 마음껏 다른 곳에 관심을 둔다. 고갯길의 꼭대기를 지나는 사이, 온통 주변을 둘러싼 자동차들, 앞에 파인 곳, 아래로 집과 정원이 펼쳐진 계곡, 그 위를 가린 긴 갈색 스모그, 그 너머 위로 솟은 민둥산들, 이런 외부는 점점 덜 의식하게 된다. 조지는 이미 제 안으로 깊이 침잠했다.

무엇에 빠져 있나?

해변 끝에는 백 가구가 입주할 아파트 건물의 골조가 거만하게도 높고 거대하게 올라가고 있다. 그 건물이 완공되면 절벽 위 공원에서 해안을 내려다보는 전망이 가로막히겠지. 반대 의견에 건축 계획 대변인은 말한다. 그게 **진보**라고. 이 전망 때문에 아파트를 얻으려고 월세 450달러를 기꺼이 낼 사람들도 있는데 공원에 가는 사람(조지도 포함된다)은 공짜로 얻으려 해서야 되겠느냐고.

지역 신문 편집장은 성도착자(조지 같은 사람을 뜻한다)에 반대하는 캠페인을 시작했다. 편집장은 말한다. 성도착자는 어디에나 있다고. 이제 술집이나 남자 화장실이나 공공 도서관에 가면 추악한 광경을 보지 않을 수 없다고. 그리고 성도착자들은 예외 없이 모두 매독 환자라고. 지금 있는 법은 지나치게 관대하다고.

어느 상원의원은 최근 연설에서 쿠바를 당장 공격해야 한다고 주장했다. 먼로주의가 경시되고 쓸모없이 되지 않도록 우리가 가진 모두를 동원해서 공격해야 한다고. 이것이 미사일 전쟁이 될 수도 있다고. 다른 대안을 찾는 것은 불명예스러운 일이며, 우리 인구의 사분의 삼(조지도 포함된다)이라도 기꺼이 희생해야 한다고.

조지는 생각한다. 그 아파트 건물에 사람들이 입주하기 직전, 밤에 몰래 들어가서, 방마다 벽마다 특별히 준비한 향을 뿌리면 재미있겠다고. 처음에는 거의 느낄 수 없지만 점차 진하게 시체 썩는 냄새가 나는 향. 그 아파트 주민들이 과학계에 알려진 온갖 탈취제를 다 써서 냄새를 없애려 해도 소용없겠지. 필사적이 되어서 마침내 회벽과 판재를 뜯어낸 뒤, 기본 골조에서 악취가 나는 것을 알게 되겠지. 아파트는 크메르족에게서 버려진 앙코르처럼 버려지겠지. 그래도 악취는 점점 더 짙어져서 말리부 해변까지 냄새가 퍼지겠지. 결국 방독면을 쓴 인부들이 건물 전체를 철거해서 가루로 갈아 바다에 뿌릴 수밖에 없겠지…… 아니면 금속을 단단하게 만드는 성분을 다 먹어서 없앨 바이러스를 발견하는 것이 더 유용할지도 몰라. 한곳에 한번만 뿌리면 되니까 향을 뿌리는 것보다 낫지. 한번으로 바이러스가 건물의 금속을 다 먹을 테니까. 그다음, 사람들이 입주해서 집들이 파티가 성대하게 열릴 때, 건물 전체가 약해져서 스파게티처럼 흐물흐물 무너지겠지.

이어 조지는 생각한다. 그 신문 편집장. 편집장과 성도착자 기사를 담당한 기자들은 물론, 경찰서장, 풍속사범 단속반장, 그 캠페인을 지지하는 설교를 한 성직자들도 납치하면 얼마나 재미있을까. 이들을 모두 비밀 지하 영화 스튜디오로 데려가서 잠깐 설득—시뻘겋게 달군 부지깽이와 집게를 보여주기만 해도 충분할 것이다 —— 하면, 모두가 인간이 할 수 있는 성적 행위는 모조리 다 하겠지. 둘이서 혹은 그룹으로, 천상의 즐거움을 드러내며, 하겠지. 그 광경을 찍은 필름을 현상해서 전국 모든 극장에서 상영해야지. 극장 안내원들은 클로로포름으로 마취시켜서 불을 못 켜게 하고, 비상구도 잠그고, 영사 기사에게 압력을 가해서 **예고편**이라는 제목으로 그 영화를 쭉 상영하게 해야지.

그 상원의원은 어떻게 하는 게 가장 재미있을까 ——

안 돼.

(이 시점에서 조지의 눈썹은 평소에 아픈 경련을 일으킬 때보다 심하게 찌푸려진다. 앙다문 입술은 칼날보다 가늘어진다.)

안 돼. '재미'라는 말을 쓰면 **안 돼.** 이 사람들은 재미있지 않아. 이 사람들을 절대로 재미와 결부시키면 안 돼. 그런 사람들을 다룰 방법은 한가지뿐이야. 잔인한 폭력.

그러므로 체계적인 테러를 일으켜야 해. 효과를 높이려면, 고도로 훈련된 자객과 고문 담당자가 적어도 오백명은 포함된 조직이 필요해. 모두 헌신적인 사람이어야 해. 조직의 우두머리는 확실하고 단순한 목표, 가령 그 아파트 건물을 제거하거나, 그 신문을 발행 금지시키거나, 그 상원의원을 은퇴시키는 것 등의 목표를 세워야지. 시간이 얼마나 걸리든, 사상자가 몇명이나 생기든, 순서대로 목표를 수행해야지. 각 목표에서 가장 중요한 표적은 맨 처음에 정중한 편지를 받게 되겠지. **조지 아저씨**라고 서명이 되어 있고, 살아남으려면 정해진 기한까지 꼭 해야 하는 일을 정확히 적은 편지. 그 편지에는 조지 아저씨가 죄를 처단하는 조직을 운영하고 있다는 설명도 적어야지.

기한에서 일분만 지나도 처형이 시작되지. 가장 중요한 표적의 처형은 몇주, 아니 몇달까지 미뤄도 돼. 반성할 시간을 주는 거지. 그 유예 기간 동안 날마다 처형을 알려야지. 그 아내를 납치해서 쇠고리 교수형에 처한 뒤, 시체를 방부처리해서 그 집 거실에 두어야지. 놈이 퇴근해서 돌아오면 아내의 시체를 보겠지. 자식들 머리를 상자에 넣어서 소포로 보내야지. 아니면 친척이 고문을 당하면서 죽는 동안 지르는 비명을 녹음해서 테이프를 보내든가. 친구의 집을 밤사이에 폭파시켜야지. 놈을 아는 사람은 누구라도 죽음의 위협을 받게 되겠지.

조직의 힘을 여러 차례 100퍼센트 다 보여주면, 세상 모두가 서서히 깨닫게 되겠지. 조지 아저씨의 뜻에는 의문을 품지 않고 즉시 따라야 한다고.

조지 아저씨는 사람들이 따르기를 **바랄까?** 사람들이 반항하는 것을 더 좋아하지 않을까? 계속해서 죽이고 또 죽일 수 있도록. 이 사람들 모두가 버러지에 불과하고 더 많은 이들이 죽는 게 나으니까. 마지막으로 내린 분석. 모두가 짐의 죽음에 책임이 있다. 그 사람들은 짐의 존재조차 몰랐지만, 그 사람들의 말, 그 사람들의 생각, 그 사람들의 생활양식, 그 모두가 짐을 죽게 했다. 그러나 조지가 이런 생각에 깊이 빠져 있어도, 짐은 더이상 중요하지 않다. 짐은 이제 아무것도 아니며, 그저 미국 인구의 사분의 삼을 증오할

변명거리일 뿐이다…… 조지의 턱이 움직인다. 이를 간다. 조지는 증오를 씹고 또 씹으며 되새김질한다.

그러나 조지가 정말 그 사람들 모두를 증오할까? 그 사람들은 그저 증오에 대한 변명거리에 불과한 것이 아닐까? 그렇다면 조지의 증오는 **무엇일까?** 자극제, 조지에게는 확실히 딱한 일이지만, 그 이상은 아니다. 분노, 적개심, 원한. 이런 것들이 중년에게는 활력소가 된다. 바로 이 순간, 조지가 미쳤다고 말한다면, 조지 주변의 수많은 자동차들에 타고 있는 사람들 중 최소한 여섯명은 조지와 마찬가지로 미친 상태일 것이다. 이제 차량이 많아져서 모두 느릿느릿 움직이고, 언덕 아래로 내려가서, 다리 밑을 지나고, 다시 오르막길로 접어들고, 유니언 디포를 지나…… 세상에! 벌써 시내에 도착하다니! 조지는 멍하게 수면으로 떠오르며, 운전사 인물이 기록을 깨트렸음을 깨닫고 충격을 받는다. 운전사 인물이 완전히 혼자만 나서서 이렇게 멀리 오기는 처음이다. 그 사실에 심란한 질문이 떠오른다. 운전사 인물이 꾸준히 점점 더 하나의 인격체가 되어가고 있나? 조지의 삶에서 훨씬 큰 부분을 넘겨받으려고 준비하고 있나?

이제 그런 걱정에 빠져 있을 시간이 없다. 십분도 지나지 않아서 캠퍼스에 도착할 것이다. 십분도 지나지 않아서 조지는 조지가—사람들에게 알려져왔고 사람들이 알아볼 그 조지가 되어야 한다. 그래서 이제 조지는 의식적으로 자신이 다른 사람들의 생각을 생각하게, 다른 사람들의 기분을 느끼게 만든다. 베테랑의 실

38

력으로, 자기가 연기해야 하는 이 역할에 맞는 심리적 가면을 순식간에 쓴다.

고속도로에서 쌘토머스 대로로 꺾어지자마자, 1930년대 로스앤젤레스의 조잡하고 조용하며 굼뜬 세상으로 되돌아간다. 아직도 대공황에서 회복되는 중이어서 새로 페인트칠할 돈도 없는 것 같은 세상이다. 그러면서도 얼마나 아름다운지! 나지막하면서도 가파른 언덕들이 오르내리며 이어지는 땅의 옆과 위에는 갈라진 회벽의 흰 집들이 위태롭게 둥지를 틀고 있다. 전신주와 선 들이 실뜨기 놀이의 실처럼 마구 꼬여 있지만, 추하기보다는 예스러워 보인다. 여기에는 멕시코인들이 살고 있어서 꽃이 많다. 흑인들이 살고 있어서 활기차다. 조지는 이곳에서 굳이 살고 싶지는 않다. 종일 라디오와 텔레비전 소리가 시끄럽게 울리기 때문이다. 그러나 이곳 아이들에게는 절대로 소리치지 않는다. 이 사람들은 **적**이 아니기 때문이다. 조지가 이곳에 살기만 한다면, 이 이웃은 동맹이 될 것이다. **조지 아저씨** 환상에는 이 사람들이 전혀 들어 있지 않다.

쌘토머스 주립대학교 캠퍼스는 고속도로 반대편 뒤쪽에 있다. 고속도로를 가로지르는 고가도로는 철거와 재건설을 거듭하는데, 지금은 철거 상태다. 불도저가 나지막한 언덕들을 통째 밀거나 위

쪽을 깎아서, 맨땅이 드러난 풍경이다. 낮은 기숙사 건물들(이 건물들은 **새로운 주거 개념**으로 일컬어지며 **집**으로 불린다)이 쭉 이어지며 전선과 하수도의 확장 속도에 맞추어 계속 불어나고 있다. 건물들이 다 똑같다고 말할 수는 없다. 어떤 지붕은 갈색이고 어떤 지붕은 녹색이다. 욕실 타일의 색도 각기 다르다. 구역마다 개성도 있다. 구역마다 이름도 다르다. 부동산 중개업자가 좋아할 이름이다. '하늘 정원' '전망 좋은 집' '그로브너 하이츠'.

땅고르기, 굴착, 자재 운반, 망치질, 이 온갖 폭풍의 중심은 대학교 캠퍼스다. 벽돌과 유리와 큰 유리창으로 된 깔끔하고 현대적인 공장 건물이 이미 사분의 삼쯤 공사가 마쳐진 상태에서 미친 듯이 완공을 서두르고 있다. (건설 현장 소음이 심해서 어떤 강의실에서는 교수의 목소리가 들리지 않을 정도다.) 공장이 완전히 가동되면 이만명의 졸업생을 생산할 수 있을 것이다. 그러나 십년도 지나지 않아서 사만이나 오만명을 처리해야 할 것이다. 그러면 전부 부수고 두배 높이로 다시 짓겠지.

그렇지만 그때에도 캠퍼스가 주차장을 경계로 외부와 단절될 수 있을지는 의문이다. 머지않아 일주일 내내 계속되는 교통 체증으로 학생들이 어쩔 수 없이 그냥 내버려두는 자동차들로 주차장은 빈틈없는 자동차 숲이 될 테니까. 지금도 캠퍼스의 절반을 차지하는 주차장이 꽉 차서 주차 구역을 이리저리 돌아야 마지막 남은 좁은 공간을 발견할 수 있다. 오늘 조지는 운이 좋다. 강의실에서 가장 가까운 주차 구역에 빈 공간이 있다. 조지는 주차카드를 넣는다. (이렇게 해서 자신이 **조지라는** 정황증거를 제출한다.) 차단기가 경직된 기계적 동작으로 올라가고, 조지는 주차장 안으로 들어간다.

요즘 조지는 자기 학생들의 차량을 알아보는 연습을 하는 중이다. (조지는 이렇게 자기계발 프로젝트를 계속 새로 벌인다. 때로는 기억력 단련, 때로는 새로운 식이요법, 때로는 '난해한 100대 책'을 읽는다는 선언이다. 꾸준히 하는 일은 거의 없다.) 오늘 조지는 3대를 알아볼 수 있어서 흡족하다. 이딸리아에서 온 교환학생의 스쿠터는 제외했다. 그 스쿠터는 광기에 가까운 용기나 지역주의를 발휘하며, 베네또 거리를 달리는 양 고속도로를 위아래로 내달린다. 그리 하얗지 않고 찌그러진 포드 쿠페는 톰 커글먼의 차다. 톰은 차 뒤에 **느리고 흰 차**라는 문구를 붙여두었다. 하와이에서 온 중국계 학생의 폰티악은 먼지로 회색이 되었고, 뒤 유리창에는 흔한 농담 스티커가 붙어 있다. **내가 믿는 유일한 주의는 추상표현주의다.** 이 학생의 경우에는 이 스티커의 문구가 농담이 아니다. 실제로 추상화가니까. (아니면 지나치게 생각하는 걸까?) 어쨌든, 체셔고양이같이 달콤한 미소, 크림같이 매끈한 피부, 고양이같이 깔끔한 단정함을 갖춘 사람이 그렇게 우울하고 우중충한 그림을 그리거나 이렇게 더러운 차를 모는 것은 모순 같다. 그 중국계 학생은 이름도 아름답다. 알렉산더 몽. 왁스를 완벽하게 칠하고 흠 하나 없이 깨끗한 진홍색 MG도 있다. 그 차를 모는 버디 쏘렌슨은 크고 촉촉한 눈의 알비노로, 농구 스타이며, **미사일 반대** 배지를 달고 다닌다. 조지는 전에 고속도로에서 버디가 스트리킹을 하는 것을 얼핏 본 적 있다. 버디는 마치 작은 좌욕기 같은 것이 사라졌지만 신경 쓰지 않는다는 듯이 혼자 웃고 있었다.

이제 조지는 차를 세운다. 예민한 기분은 전혀 없다. 자동차에서 내리자, 연극을 시작할 기꺼운 마음이, 에너지가, 샘솟는다. 자갈길을 따라서 경쾌한 걸음을 활기차게 내딛는다. 음악관을 지나서 학과 사무실로 향한다. 이제 조지는 완전히 배우다. 분장실에서 방금 나와서, 소도구와 조명과 무대 기술자들이 있는 무대 뒤 세계를 서둘러 지나가며, 무대로 등장하려는 배우. 침착하고 자신만만한 베테랑 조지는 사무실 문 앞에서 잘 계산된 시간만큼 잠시 멈춘 뒤, 사람들이 자신에게 요구하는 영국 억양을 미묘하게 섞어서, 활발하고 확실하게, 첫 대사를 말한다. "안녕하세요!"

비서 세 명 — 각자 자신이 고른 스타일로, 모두 매력적이고 뛰어난 배우들 — 은 의심의 빛 한점 없이 조지를 곧장 알아보고 대답한다. "안녕하세요!"(여기에는 교회에서 하는 응답처럼 종교적인 면이 있다. 늘 **안녕하다**는 미국의 기본 신조에 대한 믿음을 재확인하는 것이다. 소련과 소련의 미사일, 몸의 온갖 질병과 걱정에도 불구하고, 안녕하다. 당연히 우리는 소련과 걱정이 실제로는 실재하지 않는다는 것을 잘 알고 있기 때문이다. 그렇지 않나? 그런 것들을 생각되지 않게 하면 사라지게 만들 수 있다. 그러므로 아침은 안녕해질 수 있다. 그렇다, **안녕하다**.)

이 사무실에는 영문학과 교수들의 서류함이 있고, 하나같이 서류로 가득 차 있다. 의사소통에 미친 사람들! 아주 사소한 의제로 아무리 하찮은 교수 회의가 열려도 수백장의 서류가 나온다. 무슨 일이든 모두에게 전달된다. 조지는 서류를 모두 훑어보고 전부 휴지통에 던진다. 하나는 예외다. 직사각형 카드다. IBM 기계에 의해 기다랗게 구멍 나고, 잘리고, 암호가 표시된 그 카드는 어느 불쌍한 학생 녀석의 학적을 드러내고 있다. 실로, 이 카드가 그 학생의 정체다. 조지가 요구받은 대로 서명을 해서 학생처에 돌려보내지 않고 찢어버린다고 가정하면? 그 즉시, 쌘토머스 주립대학교에서는 그 학생이 더이상 존재하지 않을 것이다. 이론적으로는 보이지 않는 사람이 될 것이고, 세겹으로 채워지는 서류와 공증받은 진술서를 수없이 IBM 신神들에게 바치는, 더없이 크게 공들인 속죄 의식들을 수행한 뒤에야, 아주 힘들게 다시 나타날 수 있다.

조지는 학적부에 서명하고 계속 두 손가락으로 집고 있다. 조지는 이런 것에 손대기도 싫어한다. 이런 것은 한심하지만 그럼에도 불구하고 강력하고 사악한 마법, **우리는 절대 실수하지 않는다**라는 하나의 교조만 내세우는 '생각하는 기계' 신들의 마법의 부적이다. 그 마법의 특징은 이렇다. 기계 신들이 실수를 저지르는 일은 꽤 많은데, 그때마다 실수는 영속화되고, 따라서 실수가 아닌 것이 되고…… 조지는 학적부의 한쪽 귀퉁이를 끄트머리만 잡고 비서에게 가져간다. 비서는 학생처에 가져갈 것이다. 비서의 책상에는 손톱 줄이 있다. 조지가 손톱 줄을 집고 "고물 로봇이 차이를 구분할 수 있는지 시험해볼까?"하며 학적부에 구멍을 내려는 척

한다. 비서가 웃는다. 그러나 웃기 직전, 그 얼굴에는 찰나적 공포가 스친다. 웃음도 억지스럽다. 조지가 신성모독을 저지른 것이다.

조금 즐거워진 조지는 학과 건물을 나와서 구내식당으로 향한다. 캠퍼스 한가운데에 있는 커다란 빈 공간을 가로지르기 시작한다. 주변에는 미술대학 건물, 체육관, 자연과학대학 건물, 대학 본관 등이 있으며, 새로 잔디를 깔고 어린 나무들도 심었다. 몇년 안에 잎이 무성하고 그늘이 있고 즐거운 곳으로 만들겠다는 희망이지만, 다시 말하면, 그때가 되면 다시 이곳 전체를 완전히 허물겠다는 뜻이다. 공기에서 스모그, 좋게 말해 **눈을 따갑게 하는 것**의 독한 냄새가 난다. 쌘토머스 주립대학교가 안데스 산맥 고원에 있는 대학교 같은 멋을 지닐 수 있는 것은 쌘게이브리얼 산맥 덕분인데, 스모그 때문에 산맥을 제대로 볼 수 있는 날은 단 며칠뿐이다. 산맥은 오늘도 늘 그렇듯 아래의 메트로폴리탄에서 발생한 역겨운 누런 연기에 가려 있다.

그리고 이제 매일 고속도로라는 컨베이어벨트를 통해 이 공장에 공급되는 날것인 재료, 가공되어서 포장되고 시장에 놓일 남녀들이 다가오고, 온갖 방향에서 앞길을 지나가며, 조지를 둘러싼다. 흑인, 멕시코인, 유대인, 일본인, 중국인, 라틴아메리카인, 슬라브족, 유럽인종. 금발에 비해서 검은 머리가 압도적으로 많다. 강의 시간표에 맞춰 종종걸음을 치고, 누군가를 꼬드기며 느릿느릿 걷고, 열띤 토론을 하면서 천천히 걷고, 혼자서 가르침 같은 것을 중얼거리고. 모두가 책을 짊어진, 모두가 지친.

학생들은 무슨 생각으로 여기에 왔을까? 물론 공식적인 대답은 있다. 직업과 안정을 뜻하는 인생을 준비하여 그 속에서 아이들을 키우고 아이들이 직업과 안정을 뜻하는 인생을 준비하게 하기 위해서다. 그래도, 확고한 기술 훈련, 가령, 약학이나 회계학, 방대한 전자공학 분야가 제공하는 다양한 기회들에 헌신하면 수입을 얼마나 올릴 수 있는지 지적하는 온갖 상담가들과 팸플릿들에도 불구하고, 정말 놀랍게도 아직 시나 소설이나 희곡을 쓰겠다는 학생이 꽤 많다! 이들은 수면 부족으로 멍한 채, 수업과 파트타임 일과 결혼 생활 사이사이 짧은 빈 시간에 글을 휘갈긴다. 수술실에서 걸레질을 하거나, 우체국에서 우편물을 분류하거나, 아기에게 먹일 분유를 타거나, 햄버거를 굽는 동안, 이들의 머릿속은 단어들로 어지럽다. 당위성에 예속된 한가운데 어디에서, 가능성이 미친 속삭임을 던진다. 살아라, 깨쳐라, 경험하라. 무엇을? **경이를! 지옥에서 보낸 한철, 밤 끝으로의 여행, 지혜의 일곱 기둥, 공空의 투명한 빛……**⁕ 이들 중에서 성공하는 사람이 있을까? 아, 물론이다. 최소한 한명. 많아야 두세명. 이 수천명 중에서.

이제 그 학생들 속에서 조지는 현기증 같은 것을 느낀다. 아, 세상에. 이 학생들이 모두 어떻게 될까? 무슨 기회가 있을까? 지금 당장, 여기서, 내가 소리쳐서 쫓아내야 하지 않을까? 가망 없다고!

그러나 조지는 그럴 수 없음을 잘 알고 있다. 어이없게, 부적절

⁕ 각각 랭보의 시집, 루이페르디낭 쎌린의 소설, T. E. 로런스의 소설, 『티베트 사자의 서』 등에 나오는 힌두 철학 개념의 하나.

하게, 거의 자신도 모르게, 조지 자신이 희망의 상징이기 때문이다. 희망은 잘못이 아니다. 정말이다. 다만, 조지는 거리에서 진짜 다이아몬드를 5달러에 파는 사람 같을 뿐이다. 바삐 지나가는 대다수는 절대로 감히 그 말이 사실일 수 있다고 믿으며 걸음을 멈출 수 없을 테니, 다이아몬드를 살 수 있는 사람은 극소수에 불과하다.

구내식당 밖에는 요즈음의 학생 활동을 알리는 글들이 붙어 있다. 인디언 여학생의 밤, 황금 양털 야유회, 포그커터* 댄스파티, 시민사회 회합, 로스앤젤레스 개방대학교와 벌이는 경기. 이렇게 광고된 쌘토머스 부족의 의례들은 그리 흡입력이 없다. 열성적인 소수에게만 알려질 뿐이다. 나머지 학생들은, 특별한 경우에는 기꺼이 자신을 부족이라 생각하는 척하겠지만, 정말로 그렇게 생각하지는 않는다. 학생들에게 있는 진정한 공통점은 다급함뿐이다. 따라야 하는, 사흘 전에 제출했어야 할 과제물을 마쳐야 하는, 요구의 다급함. 학생들의 대화를 엿들으면, 실패한 이야기, 교수가 시킬까봐 두려운 것 이야기, 위험을 무릅쓰고도 피하고 하지 않은 것 이야기가 거의 전부다.

구내식당은 사람들로 붐빈다. 조지는 문간에 서서 안을 둘러본다. 이제 조지는 주립대학교 재산, 공공의 물건이므로, 얼른 이용되기를 바라고 있다. 조지는 자신이 낭비되는 모습을 한순간도 보

---

* 럼과 진, 브랜디에 오렌지 주스를 넣은 칵테일.

기 싫다. 테이블들 사이로 걸어가기 시작하는 조지가 짓는 임시 미소, 40와트짜리 미소는 누가 요구하기만 하면 그 즉시 150와트 짜리로 바뀔 준비가 되어 있다.

다행히도 조지의 눈에 러스 드레이어가 보인다. 드레이어가 일어서서 조지에게 인사한다. 분명히 조지를 찾고 있었을 것이다. 드레이어는 서서히 조지의 개인 비서이자 참모이자 경호원이 되었다. 여위고 초췌한 얼굴, 상고머리의 청년이다. 무테안경을 쓰고, 약간 스포티한 알로하셔츠를 입었다. 드레이어가 입고 있으니, 그 옷은 주위의 스포티한 옷들에 비해 고지식하고 새침해 보인다. 단추를 풀어서 V 자 모양으로 열린 옷깃 사이로 보이는 속셔츠는 늘 그렇듯 수술복처럼 깨끗하다. 드레이어는 A급 장학생이다. 유럽에 드레이어 같은 사람이 있으면, 아마 더 딱딱하고 성마를 것이다. 그러나 드레이어는 딱딱하지도 성마르지도 않다. 점잖은 유머감각을 갖췄으며, 해병대였던 만큼 꽤 강인하기도 하다. 드레이어는 조지에게 자기 부인 매리넷과 친구 톰 커글먼 부부와 보낸 저녁 이야기를 들려준 적 있다. "톰과 저는 『피니건의 경야』를 두고 논쟁을 벌였어요. 저녁을 먹는 내내 논쟁을 계속했죠. 그러다가 여자들이 우리 이야기에 질렸다고 영화를 보러 갔어요. 톰과 제가 설거지를 마치니까 10시였는데 여전히 서로 설득을 못하고 계속 논쟁했죠. 그래서 아이스박스에서 맥주를 꺼내 마당으로 나갔어요. 톰이 마당에 오두막을 짓고 있는데, 아직 지붕은 올리지 않았거든요. 톰이 턱걸이 대결을 하재요. 그래서 문 위의 대들

보를 잡고 턱걸이를 시작했죠. 제가 13 대 11로 이겼어요."

조지는 그 이야기가 좋았다. 어쩐지 그리스 고전 같았다.

"안녕, 러스."

"안녕하세요." 드레이어가 조지에게 깍듯이 존댓말을 쓰는 이유는 나이 차이 때문이 아니다. 이 유사 군대 관계가 끝나게 되면, 드레이어는 주저 없이 조지를 가볍게 대할 것이다.

조지와 드레이어는 커피 기계로 가서 잔을 채우고, 카운터에서 도넛을 고른다. 계산대 앞에서, 드레이어는 미리 준비한 잔돈을 조지보다 먼저 낸다. "괜찮습니다. 제가 계산할게요."

"늘 자네가 사잖아."

드레이어가 씩 웃는다. "집사람을 취직시켰어요. 넉넉해요."

"그 교사직?"

"마침 됐어요. 물론 임시직이지만요. 불편한 건 하나뿐이에요. 집사람이 한시간 일찍 일어나야 하는 거요."

"그럼, 아침은 손수 차려서 먹어?"

"아, 그 정도는 저도 할 수 있어요. 조만간 집사람이 집 근처에 직장을 구해야죠. 아니면 제가 임신을 시켜야죠." 드레이어가 이런 남자끼리의 대화를 조지와 나누는 것을 즐기는 게 눈에 보인다. (조지는 궁금하다. 드레이어는 나에 대해서 알까? 아는 사람이 있을까? 아, 아마 알겠지. 사람들은 관심도 없겠지. 내 감정이나 내 분비샘이나 내 목 아래 무엇이라도 알고 싶지 않겠지. 내 머리만 잘려서 쟁반에 올려진 채 강의실로 옮겨져 강의를 하는 것도 괜찮을 뻔했어.)

드레이어가 계속 말한다. "있죠, 그러니까 생각났는데, 집사람이 선생님께 여쭤보래요. 조만간 또 저희 집에 모실 수 있을까요? 스파게티를 좀 준비하려고요. 일전에 말씀드린 테이프도 톰이 가져올 수 있을 겁니다. 왜, 톰이 버클리 대학교에서 구한 시청각 자료가 있다고 했잖아요. 캐서린 앤 포터가 자기 작품을 낭송하는——"

조지가 애써 모호하게 말한다. "그것 좋네." 조지는 시계를 흘깃 올려다본다. "아이고, 이제 갈 시간이야."

드레이어는 조지의 모호한 대답에 전혀 개의하지 않는다. 드레이어가 조지의 저녁 방문을 바라지 않는 마음이 어쩌면 조지가 가기 싫은 마음보다 클지도 모른다. 모두, 모두 상징적이다. 매리넷이 물어보라고 시켰고, 러스는 물었고, 이제 조지가 그 부부의 두 번째 초대를 받아들였다고 공표된다. 이것은 조지가 가까운 사람이며, 후일, 이들이 조지를 예전에 모임의 일원이었던 사람으로 언급할 수 있다는 뜻이다. 아, 그렇다. 드레이어 부부는 왕년의 지루한 늙은 거물들 사이에 조지를 확실히 자리매김하는 데에 충실히 본분을 다할 것이다. 조지는 1990년대에 있을 어느 저녁을 쉬 상상할 수 있다. 러스는 중서부 어느 대학교의 영문학과 학과장이고 매리넷은 장성한 아들딸의 어머니다. 드레이어 박사 부부를 상징적으로 접대하는 젊은 강사들과 그 아내들은 학과장을 회상에 빠지게 만들면서 상징적으로 기뻐하겠지. 학과장은 감상에 젖어서 술에 취한 미소를 띤 채 무감동한 모험담을 미로처럼 중얼중얼

늘어놓겠지. 그 이야기에는 조지를 비롯한 많고 많은 사람들이 잘 못 인용되며 등장하겠지. 매리넷은 영원히 미소를 지은 채 앉아서 제삼의 귀로 이미 전부터 다 들은 그 이야기를 들으며 11시가 되기를 기도하겠지. 그리고 11시가 되겠지. 그리고 모두가 그 저녁이 정말 기억에 오래 남을 것이라고 입을 모으겠지.

강의실로 걸어가면서, 드레이어는 조지에게, 리비스 박사가 찰스 스노 경에 대해 한 말을 어떻게 생각하는지 묻는다. (유쾌하지 않은 아득히 오래된 것인, 그들 간의 옛 논쟁은 슬리피홀로가 있는 이곳에서 아직도 핫뉴스다.) 조지가 말을 꺼낸다. "글쎄, 우선—"

이때 두 사람은 테니스장을 지나간다. 한곳에서만 두 젊은이가 단식 경기를 하고 있다. 뿌연 스모그 속으로 비치는 햇빛이 어느새 갑작스러운 열기를 뜨겁게 뿜고, 두 젊은이는 거의 벌거벗고 있다. 운동화와 니트 반바지만 몸에 걸쳤고, 싸이클 선수들이 흔히 입는 아주 짧고 몸에 착 붙는 그 반바지는 엉덩이와 가랑이의 윤곽을 그대로 드러낸다. 두 젊은이는 경기에 집중해서 지나가는 사람에게 전혀 신경 쓰지 않는다. 둘 사이에 네트가 없다고 생각해도 좋다. 벗은 몸 때문에 서로 아주 가까이 있는 것 같고, 싸우는 사람들처럼 몸과 몸이 곧장 맞붙어 있는 것 같다. 싸움이라면 일방적이 될 것이다. 왼쪽 젊은이가 훨씬 더 작기 때문이다. 멕시코인 같다. 검은 머리카락, 잘생긴 얼굴, 날렵하고, 잔인하고, 단단하고, 유연하고, 근육질이고, 재빠르고, 발놀림이 우아하다. 피부색은 짙은 금빛 갈색이다. 가슴과 배와 허벅지에는 곱슬곱슬한 검은 털이 있다. 냉혹하고 능숙한 솜씨로 열심히 빠르게 테니스를 치며, 공을 힘껏 되받아칠 때에는 미소도 없이 흰 이를 드러낸다. 왼쪽 젊은이가 이길 것 같다. 상대인 덩치 큰 금발 젊은이도 이미 알고 있다. 수비 동작에 감동적인 용기가 깃들어 있다. 아름다움을 타고났고, 고귀하게 태어난 젊은이다. 그렇지만 크림색 대리석 같은 고전적인 피부색의 몸이 오히려 약점이다. 그 몸은 테니스의 규칙에 불리하다. 금발 젊은이는 불리함에 가망 없이 맞서고 있다. 쓸모없는 라켓을 내던지고 네트를 뛰어넘어 냉혹한 작은 금빛 고양이를 대리석의 힘에 굴복시켜야 했다. 그러나 그 반대로, 금발 젊은이는 규칙을 받아들이고 규칙에 스스로를 속박하고 있으며, 규칙을 깨트리기보다 패배와 수치로 괴로워하려 한다. 그 젊은이는 무력한 큰 몸집과 금발 때문에 현대적이지 않은 기사의 분위기를 풍긴다. 마지막 경기에서 질 때까지 완벽한 스포츠맨십으로 공정하게 싸우겠지. 이런 일이 평생 계속 벌어지지 않을까? 그는 빠르고 영리하고 무자비한 상대를 대상으로, 엉뚱한 경기, 천성적으로 맞지 않는 경기에 계속 참여하게 되지 않을까?

이 경기는 잔인하다. 그러나 그 잔인함은 관능적이고, 조지를 뜨거운 흥분에 몰아넣는다. 격렬한 반응을 바라는 감각이 조지에게 찾아들고, 조지는 떨리는 쾌감을 느낀다. 너무 잦은 일. 이제 안타깝게도 그 감각에 진저리가 난다. 조지는 이 젊은 동물들의 아름다움에 진심으로 고마워한다. 두 젊은이는 절대 모르겠지만, 이들 덕분에 조지는 지금 이 순간을 경이롭게 느낄 수 있고, 인생을 덜 미워하게 되고—

드레이어가 말하고 있다. "죄송합니다만, 아까 잠시 못 알아들었어요. **두 문화**는 저도 물론 이해합니다만, 그럼, 선생님께서는 리비스 박사와 **같은 생각**이신가요?" 테니스를 치는 젊은이들에게 아주 희미한 관심조차 없는 드레이어는 테니스장에서 반쯤 몸을 돌린 채 걸으며 조지의 말하는 머리에만 온통 집중하고 있다.

조지의 머리는 분명히 여태 **계속** 말하고 있었다. 그 사실을 깨달으며, 조지는 고속도로에서 운전사 인물이 시내로 곧장 데려왔을 때와 똑같이 당혹감을 느낀다. 아, 물론 조지도 말하는 머리가 무엇을 할 수 있는지 경험으로 알고 있다. 밤늦게, 재미없는 파티에서 지루하고 피곤하고 취했을 때 도움을 주었으니까. 말하는 머리는 조지가 좋아하는 이론들을 모두 재생할 수 있다. 물론, 다른 사람이 논쟁을 걸어올 때는 예외다. 가장 재미있는 조지의 일화도 최소한 마흔개는 알고 있다. 그러나 **여기**, 환한 햇빛 속, 조지가 자기 연기를 매 순간 완전히 조절해야 하는 무대인 대학교 캠퍼스 안에서 이런 일이! 말하는 머리와 운전사가 동맹을 맺었나? **하나로 합쳐질 계획을 세우고 있나?**

조지는 드레이어에게 부드럽게 말한다. "지금은 그 이야기에 깊이 들어갈 시간이 없어. 어쨌거나 리비스의 강의록도 다시 살피고 싶어. 집 어디에 그『스펙테이터』지가 아직 있을 거야…… 아, 그런데 한달 전쯤 나온 메일러에 관한 글은 읽어보았나? 음, 아마

『에스콰이어』였던가, 실린 잡지가? 근래 본 것들 중 가장 좋은 글인데 ── "

　조지의 강의실에는 문이 두개다. 긴 벽에 앞뒤로 하나씩 있다. 학생 대부분은 뒷문으로 들어온다. 정말 짜증나는 양 같은 고집으로, 빈자리를 바리케이드 삼아 교수와 거리를 두고 자기들끼리 앉아 있기를 좋아하기 때문이다. 그러나 이번 학기는 수강생 수가 강의실 자리를 거의 다 채울 정도다. 늦게 온 학생은 어쩔 수 없이 앞으로 또 앞으로 나와 앉아야 해서, 조지는 음흉하게도 만족하고 있다. 이제 늦게 들어온 학생은 둘째 줄에 앉아야 한다. 대개가 완강하게 피하는 첫 줄은 늘 앉는 학생들로 채울 수 있다. 러스 드레이어, 톰 커글먼, 마리아 수녀, 슈퇴슬 씨, 네타 토레스 부인, 케니 포터, 로이스 야마구치 등이다.

　조지는 드레이어와, 혹은 어떤 학생과도 절대 같이 강의실로 들어가지 않는다. 깊이 뿌리박힌 연극적인 본능이 그렇게 하도록 시킨다. 조지가 강의실에 들어가기 전에 잠깐 들르는 장소로 사무실을 이용하는 것도, 정말 오로지 그 본능 때문이다. 그저 사무실에서 다시 나타나서 강의실에 등장하기 위해서다. 사무실에서 학생 면담은 하지 않는다. 적어도 두명의 교수와 함께 쓰게 되어 있고, 형이상시 시인을 가르치는 고틀리브 박사가 거의 늘 사무실에 있기 때문이다. 조지는 실제로는 둘만 있지 않을 때에 둘만 있는 것처럼 이야기를 나누지 못한다. 고틀리브 박사가 다른 책상에 앉아서 듣고 있을 때, 아니, 더 나쁘게는, 듣고 있지 않는 척할 때에는, "에머슨을 **솔직히** 어떻게 생각하나?" 같은 아주 무해한 질문도 부적절하게 친밀한 말로 들릴 수 있고, "자네가 쓴 것은 여러 은유가 뒤섞여 있지만 아무런 의미도 드러내지 못해" 같은 아주 가벼운 비평도 지나치게 잔인한 말로 들릴 수 있다. 그러나 고틀리브는 그렇게 느끼지 않는 것이 분명하다. 아마도 영국인의 지나친 가책일 것이다.

그래서 이제, 조지는 드레이어와 떨어져서 사무실로 간다. 복도 맞은편이다. 고틀리브는 놀랍게도 사무실에 없다. 조지는 베니션 블라인드 틈 사이로 창밖을 엿본다. 저 멀리, 테니스장에서 아직도 경기를 하고 있는 두 젊은이가 보인다. 조지는 기침을 한다. 전화번호부 책장을 보지도 않으며 손가락으로 넘긴다. 조금 열린 빈 책상 서랍을 닫는다. 그러다가 갑자기, 몸을 돌리고, 벽장에서 가방을 꺼낸 뒤 사무실을 나와서 맞은편 강의실 앞문으로 간다.

일반적인 기준으로 보자면, 조지의 등장은 그다지 연극적이지 않다. 그렇지만 이것은 교묘하게 계획된, 터무니없이 연극적인 효과다. 조지가 들어와도 아무도 입을 다물지 않는다. 학생들 대부분은 계속 떠든다. 그러나 모두 조지를 보며, 아무리 작은 행동이라도 수업이 시작된다는 신호가 떨어지기를 기다린다. 조지는 일부러 짓궂게 그 신호를 보내지 않고, 학생들은 조지가 신호를 보낼 때까지 계속 떠들면서 조지에게 맞선다. 미묘한 긴장이 점차 커진다.

그사이에 조지는 가만히 서 있다. 천천히, 신중하게, 마술사처럼, 가방에서 책 한권을 꺼내서 강단에 놓는다. 그러는 동안 조지의 눈은 강의실 안 얼굴들을 훑는다. 입술은 희미하면서도 굵은 미소를 짓는다. 학생 몇몇이 미소로 답한다. 조지는 이 가식 없는 대면이 유난히 즐겁다. 그 미소, 그 밝고 젊은 눈들에서 힘을 느낀다. 조지에게는 지금이 하루 중 최고의 순간이다. 똑똑하고, 활기차고, 도전적이고, 조금 신비롭고, 무엇보다도, **낯선** 사람이 된 기분이 든다. 짙은 색의 단정한 옷, 흰 와이셔츠와 넥타이(강의실 안의 유일한 넥타이)는 젊은 남학생들의 공격적으로 남성적인, 격식을 차리지 않은 모습과 확연히 구별된다. 남학생들 대부분은 운동화와 가터벨트 없는 흰 울 양말, 추울 때는 청바지, 더울 때는 반바지 (허벅지에 붙는 버뮤다팬츠로, 더 짧은 반바지는 강의실에 어울리지 않는다고 여겨진다) 차림이다. 정말 더우면, 소매를 걷고, 때로 도발적으로 셔츠 단추를 풀어서 곱슬곱슬한 가슴 털과 성 크리스토퍼 목걸이를 드러낼 것이다. 한순간에 공부하는 학생에서 공사장 인부나 싸움꾼으로 변할 것 같은 모습이다. 남학생은 여학생에 비하면 그저 어설픈 어린아이로 보인다. 여학생들은 모두 십대 시절의 칠푼 바지나 헐렁한 셔츠, 위로 부풀린 헤어스타일에서 벗어났기 때문이다. 여학생들은 벌써 성숙한 여인의 분위기를 풍기며, 아주 고상한 파티에 참석하는 차림새로 강의에 들어온다.

오늘 아침, 조지는 맨 앞줄에 늘 앉는 학생들이 모두 출석했는지 눈여겨본다. 빈자리를 채우라고 조지가 따로 일러서 앞줄에 앉은 학생은 드레이어와 커글먼뿐이다. 나머지는 각기 나름의 이유 때문에 앞줄에 앉는다. 드레이어는 무척 집중해서 수업을 듣는다. 그 모습에 조지는 힘을 얻는다. 그러나 조지는 드레이어가 자신을 진심으로 존경하지는 않음을 잘 알고 있다. 드레이어에게 조지는 늘 아마추어 학자로 남아 있을 것이다. 드레이어의 생각에는, 조지의 학위와 경력은 영국 것이고 따라서 불확실하다. 그래도 조지는 연장자이자 지도자이며, 드레이어는 조지의 권위를 떠받듦으로써, 자기가 오르려 하는 계층 사다리를 떠받든다. 그러므로 드레이어는 아웃사이더들, 즉, 강의실 안에 있는 다른 모두의 눈에 조지가 똑똑하고 감명적으로 보이기를 바란다. 이처럼 절대적인 충성심을 확실히 드러내는 드레이어가 **자기** 부관처럼 대하는 커글먼에게는 강의 중에도 마음대로 속삭인다는 점은 재미있다. 그런 일이 있을 때마다 조지는 강의를 멈추고 드레이어와 커글먼이 자신에 대해 무슨 이야기를 하는지 듣고 싶은 충동을 느낀다. 조지는 드레이어가 강의 시간에 조지 아닌 다른 사람의 이야기를 하는 것은 나쁜 행동이라고 생각하고 꿈도 꾸지 않을 것임을 본능적으로 확신한다.

마리아 수녀는 교육수녀회에 소속되어 있다. 곧 자격증을 따고 교사가 될 사람이다. 당연히, 아주 평범하고, 상상력이 부족하고, 열심히 노력하는 건실한 젊은 여성이다. 마리아 수녀가 앞줄에 앉는 것은 틀림없이 집중하기 위해서다. 어쩌면 아직 남학생들에게 관심이 가고 그들에게 시선을 두지 않기 위해서인지도 모른다. 그러나 우리는, 우리 대부분은, 수녀가 있는 자리에서는 균형 감각을 잃는다. 조지도 수도복을 중세의 관습대로 단단히 차려입은 그리스도의 신부 앞에 가까운 거리로 드러나 있으면, 자기도 모르게 당황하고 방어적이 된다. 자기 의지와 달리 지옥의 부대에 징집된 조지는 대단히 정중한 냉전의 최전선을 사이에 두고 천국의 병사와 마주한다. 조지는 마리아 수녀를 언급할 때마다 '수녀님'이라고 부른다. 아마도 마리아 수녀가 가장 바라지 않는 일이리라.

슈퇴슬 씨가 앞줄에 앉는 이유는, 귀가 잘 들리지 않는 중년 남성이고, 유럽에서 미국으로 온 지 얼마 되지 않아서 영어를 못하기 때문이다.

네타 토레스 부인도 중년이다. 이 강의를 듣는 이유는 단순한 호기심이나 시간 때우기 때문인 듯하다. 외모는 이혼녀 같다. 토레스 부인이 앞줄에 앉는 이유는 노골적으로 조지에게 관심을 두기 때문이다. 강의를 듣기보다는 조지만 바라본다. 조지의 몸짓과 억양과 말투로 이루어진 점자를 통해서 간접적으로 조지의 말을 '읽는' 것처럼 보일 정도다. 이렇게 거의 쓰다듬듯 면밀한 눈길과 함께 어머니 같은 미소도 보낸다. 토레스 부인에게 조지는 정말이지 아주 귀엽고 어린 소년으로 보일 뿐이기 때문이다. 조지는 토레스 부인에게 점수를 낮게 주어서 강의에 들어오지 않게 만들고 싶다. 그러나 오호통재라, 조지는 그럴 수 없다. 토레스 부인은 볼 뿐더러 듣기도 하며, 조지가 한 말을 한마디도 빼놓지 않고 다 되풀이할 수 있다.

케니 포터가 앞줄에 앉는 이유는 시쳇말로 미친놈이라고 불리는 존재이기 때문이다. 즉, 대다수가 하는 일에 무조건 반대로 하는 사람이다. 그런 반대 행동에는 아무 원칙도 없으며, 반항으로 하는 것은 확실히 아니다. 아마도 너무 모자라서 부족의 의례와 관습을 알아차리지 못하거나, 안다 해도 너무 게을러서 따르지 못하는 것이리라. 키가 크고 깡마른 청년으로, 어깨는 꽤 넓지만 구부정하고, 머리카락은 붉은색이며, 머리통은 작고, 하늘색 눈도 작다. 매부리코만 아니었으면, 흔히 말하는 잘생긴 얼굴이 될 뻔했다. 그래도 그 코가 크고 유머러스해서 나쁘지는 않다.

조지는 자기도 모르게 강의실에 있는 케니의 존재에 거의 계속 신경을 쓴다. 그러나 케니를 동맹으로 여기기 때문은 아니다. 아, 안 된다. 조지는 케니를 당연시하는 모험을 절대 할 수 없다. 때로 조지의 농담에 케니가 크고 조금 거칠게 웃을 때, 조지는 비웃음을 당한다고 느끼기도 한다. 케니가 한 박자 늦게 웃음을 터뜨릴 때면, 조지는 케니가 농담이 아닌 전반적인 상황에, 이 나라의 교육체계, 이 강의실에 사람들을 앉혀놓은 경제적, 정치적, 심리적 힘에 대해서 웃고 있다는 이상한 느낌을 받기도 한다. 그럴 때면 조지의 마음속에는 케니가 인생의 가장 내밀한 의미를 이해하고 있지는 않은지, 케니가 사실은 천재가 아닌지 (케니의 기말고사 답안지를 보면 누구라도 전혀 그렇지 않다고 생각할 것이다) 의심이 떠오른다. 그러다가 조지는 케니가 그저 제 나이보다 너무 어리고, 다른 방향으로 매력적이며, 어리석을 뿐이라고 생각을 고친다.

로이스 야마구치가 케니 옆에 앉는 이유는 케니의 애인이기 때문, 아니, 적어도 두 사람이 거의 항상 붙어 있기 때문이다. 로이스가 조지에게 보내는 미소를 보면, 로이스와 케니가 조지를 두고 둘만의 농담을 주고받는 게 아닐까 하는 의심이 든다. 그러나 수수께끼 같은 이들 동양인에게서 과연 누가 무엇이라도 확신할 수 있을까? 알렉산더 몽의 아름다운 얼굴에는 엉겨붙은 유화 물감밖에는 들어 있지 않은 게 확실하지만, 그 미소도 역시 수수께끼다. 로이스와 알렉산더는 강의실에서 단연 가장 아름답다. 두 사람의 아름다움은 식물의 아름다움 같다. 아름답고자 허영을 부리거나 안달하거나 애쓰지 않아도 아름답다.

그사이에 어느새 긴장은 높아졌다. 조지는 잡담을 하는 학생들에게 계속 미소를 지으며, 도발적이고 멜로드라마 같은 멋진 침묵을 유지하고 있었다. 이제 거의 사분이 지난 뒤, 마침내, 조지의 침묵이 좌중을 제압한다. 잡담은 수그러든다. 이미 잡담을 중단한 학생들은 다른 학생들을 조용하게 만든다. 조지가 이겼다. 그러나 승리는 잠시뿐이다. 이제 조지 자신이 스스로의 마법을 깨뜨려야 한다. 자신의 신비를 벗어버리고, 천사의 혀로 웅얼거리거나, 침 흘리거나, 말하거나, 그것은 중요하지 않고, 어쨌든 강의실의 모두가 귀를 기울여야 하는, 아주 평범한 것, 교수의 모습을 드러내야 한다. 강의실의 모두가 조지 말에 귀를 기울여야 하는 것은, 캘리포니아 주가 조지에게 부여한 권한에 따라 조지는 아무리 편견에 찬 말, 무책임하고 충동적인 말을 하더라도 '이 심술궂은 늙은이에게 좋은 인상을 주거나 아부를 하거나 속임수를 써서 좋은 학점을 받으려면 어떻게 해야 할까?'라는 질문에 값진 단서들로 학생들을 복종하게 만들고 공부하게 만들 수 있기 때문이다.

그렇다. 오호통재라, 이제 조지는 모든 것을 깨뜨려야 한다. 이제 조지는 입을 열어야 한다.

"수많은 여름이 지나간 뒤 백조가 **죽다.**"

조지는 아주 서투른 배우의 발성으로 뻔뻔하게 즐거워하면서 단어들을 흘린다. 예이츠 낭송회의 패러디 같을 정도다. (올더스 헉슬리가 원문의 시작에서 뺀 **그리고**를 보상하기 위해 **죽다**에서 책상을 탕 내리친다.) 적어도 몇몇을 깜짝 놀라게 하거나 당황하게 만든 뒤, 씩 웃으면서 강의실을 둘러보며 교장처럼 나직이 말한다. "헉슬리의 소설을 읽으라고 말한 게 삼주 이상 지났으니, 지금쯤은 모두 읽었겠죠?"

시야 한구석에서 버디 쏘렌슨의 명백히 찌푸린 표정이 보인다. 예상 못 한 일이다. 에스텔 옥스퍼드는 **이제야** 알려주다니 분하다는 듯 어깨를 으쓱한다. 이것은 더 심각하다. 에스텔은 조지의 학생들 가운데 가장 똑똑하다. 에스텔은 똑똑해서, 수업을 듣는 다른 유색인종 학생보다 자신이 흑인임을 분명 더 크게 의식하고 있다. 사실, 지나치게 예민하다. 조지는 생각한다. 에스텔이 나에게서 온갖 교묘한 차별을 받는다고 생각하는 게 아닐까. 헉슬리의 소설을 읽으라는 말을 할 때 에스텔이 강의실에 없었나보다. 젠장, 진작 알아채고 나중에라도 에스텔에게 알렸어야 했는데. 조지는 에스텔 때문에 조금 의기소침해진다. 한편 에스텔을 좋아하므로, 미안한 마음도 든다. 한편 그런 기분이 들게 만드는 에스텔의 방식에 화가 난다.

조지는 최대한 부드럽게 말한다. "아, 뭐, 아직 읽지 않았다고 해도 크게 염려하지 마세요. 오늘 아침에 내가 하는 말을 잘 들은 뒤에 각자 읽고, 내 말에 동의하는지 생각하면 됩니다."

조지가 에스텔에게 미소를 보낸다. 에스텔도 미소로 답한다. 이번에는 이렇게 잘 넘어갈 것 같다.

"물론 소설 제목은 테니슨의 시 「티토노스」에서 따온 것입니다. 자, 그 이야기가 나왔으니 짚고 넘어가죠. 티토노스가 **누구죠?**"

정적. 조지는 얼굴 하나하나를 본다. 아는 사람이 아무도 없다. 드레이어조차 모른다. 맙소사, 이렇게 전형적이라니! 티토노스는 오늘 강의의 주제인 소설과 두 단계 떨어져 있으니, 아무도 신경 쓰지 않은 것이다. 헉슬리, 테니슨, 티토노스. 테니슨까지는 준비를 했겠지만, 한 단계 더 나아간 사람은 아무도 없다. 이 학생들의 호기심은 거기까지다. 왜냐하면 기본적으로, **이 학생들은 전혀 신경 쓰지 않으니**──

"티토노스가 누구인지 아는 사람이 **정말** 아무도 없어요? 애써 찾아볼 생각을 한 사람이 아무도 없다는 말입니까? 자, 그럼, 이번 주말에는 **다들** 그레이브스의 『그리스 신화』와 테니슨의 시를 읽으세요. 이 말을 하지 않을 수 없군요. 소설 제목이 무슨 뜻인지 생각하지도 않는 사람이 어떻게 그 소설에 관심 있는 척할 수 있나요?"

조지는 갑자기 화를 내자마자 곧 후회한다. 아, 이런. 조지가 악랄해지다니! 더 나쁜 것은, 자신이 언제 이런 행동을 보일지 전혀 모른다는 사실이다. 자신을 점검할 시간이 없다. 이제 부끄러운 나머지 학생들의 시선, 특히 케니 포터의 시선을 피하려고 맞은편 벽 위에 시선을 고정시킨다.

"자, 처음부터 시작하죠. 아프로디테는 애인 아레스가 새벽의 여신 에오스와 함께 침대에 있는 것을 발견합니다. 그리스 신화를 살필 때 그 신들 이야기도 **다** 알아보세요. 아프로디테는 당연히 몹시 화를 냈죠. 그래서 에오스에게 저주를 내립니다. 잘생긴 인간 소년만 보면 무조건 사랑에 빠지게 만들었죠. 다른 이의 신은 건드리면 안 된다는 교훈을 주기 위해서죠." (이 대목에서 누가 낄낄 웃었고, 조지는 그 웃음에 한시름 던다. 조지는 학생들이 야단을 맞아서 부루퉁해 있지 않은지 겁내고 있었다.) 조지는 아직 시선을 벽에서 내리지 않은 채 조금 웃음을 머금은 말투로 계속 말한다. "에오스는 인간 소년을 보면 자제를 못 하고 납치하고 유혹하기 시작했어요. 아주 부끄러웠지만, 자기로서도 어쩔 수 없었죠. 티토노스도 그렇게 납치된 인간 소년이었죠. 사실 에오스는 티토노스의 형제인 가니메데스도 함께 납치했어요. 어울려 지내라고요."(낄낄대는 웃음소리가 더 크게 난다. 이번에는 강의실 여기저기서 난다.)"안타깝게도 제우스가 가니메데스를 보고 미친 듯이 사랑에 빠졌죠."(마리아 수녀가 충격을 받았다면 너무 안타까운 일이다. 그러나 조지는 마리아 수녀를 보지 않고, 월리 브라이언트를 본다. 조지는 월리에 대해서 더할 수 없이 확실히 알고 있다. 그리고 아니나 다를까, 월리는 기뻐하며 웃고 있다.)"에오스는 가니메데스를 양보해야 하는 것을 잘 알고 있어서, 제우스에게 부탁했죠. 가니메데스를 양보할 테니 대신 티토노스를 불멸로 만들어주십시오. 제우스가 대답했어요. 기꺼이 그러지. 제우스는 티토노스를 불멸로 만들었지만, 에오스는 멍청하게도 영원한 젊음도 달라고 말하지 않았죠. 다른 이야기지만, 그리스 신들 사이에서는 영원한 젊음도 쉽게 얻을 수 있거든요. 달의 여신 셀레네는 애인 엔디미온에게 영원한 젊음을 선사했죠. 문제는, 셀레네가 키스밖에는 관심이 없고 엔디미온은 생각이 달랐다는 데 있었어요. 그래서 셀레네는 엔디미온을 영원히 잠들게 해서 조용하게 만들었죠. 눈 한번 못 뜨고 거울로 자기 모습도 못 보면, 언제 언제까지나 아름다운들 별 재미는 없겠죠."(이제 거의 모두가 웃고 있다. 마리아 수녀까지도. 조지는 학생들을 보며 환하게 웃는다. 조지는 불편한 상황을 그만큼이나 싫어한다.)"어디까지 이야기했더라? 아, 그렇죠. 그래서 불쌍한 티토노스는 죽지도 못하고 점점 흉한 늙은이가 되었어요."(더 큰 웃음.)"다른 여신들처럼 무정한 에오스는 진력이 난 나머지 티토노스를 가뒀어요. 티토노스는 점점 노망이 심해지고, 목소리도 점점 새된 소리로 변하더니, 결국 매미로 변했죠."

결말로는 보잘것없이 약하다. 조지도 큰 효과를 기대하지는 않았지만, 정말 효과가 없다. 슈퇴슬 씨는 이해를 못하고 흥분해서 드레이어에게 열심히 속삭여 묻는다. 드레이어가 역시 속삭여서 설명하지만, 그 설명이 더 오히려 더 큰 혼란만 낳는다. 마침내 슈퇴슬 씨가 이해하고 소리친다. "아, **치카데!**●" 조지와 영어권 세계 전체가 그 단어를 잘못 발음하고 있다고 나무라는 투다. 그러나 이제 조지는 다시 말을 잇기 시작한다. 조지의 태도는 바뀌었다. 이제 학생들을 즐겁게 하거나 환심을 사려 하지 않는다. 무뚝뚝하고 권위적으로 말하고 있다. 배심원에게 사건 개요를 설명하고 평결을 지시하는 판사의 목소리다.

"헉슬리가 이 제목을 고른 전반적인 이유는 명확합니다. 그렇지만 여러분은 이 소설의 세부 상황에 이 제목의 의미가 어디까지 적용될 수 있는지 생각해야 합니다. 예를 들어, 고니스터 백작 5세는 티토노스에 대응하고, 티토노스가 벌레로 변한 것처럼 결국 원숭이로 변하죠. 그렇지만 조 스토이트는 어떤가요? 오비스포 박사는? 오비스포 박사는 제우스보다는 괴테의 메피스토펠레스에 가깝습니다. 그리고 에오스는 누구일까요? 버지니아 먼시플은 분명

● Zikade. 독일어로 '매미'라는 뜻.

히 아닐 겁니다. 버지니아는 그렇게 일찍 일어나지 않을 것 같으니까요." 아무도 그 마지막 말을 농담으로 듣지 않는다. 조지는 그런들 소용없음을 경험으로 터득하고도, 아직 가끔 이렇게 영국식으로, 툭툭 내뱉듯 농담을 던진다. 농담에 갈채가 쏟아지지 않자 조금 화가 난 채 거의 괴롭히는 목소리로 말을 계속 잇는다. "그러나 더 나아가기 전에, 이 소설이 진정 무엇을 말하고자 하는지 정리합시다."

이후 나머지 시간 동안 소설의 주제를 정리한다.

늘 그렇듯 처음에는 잠잠하기만 하다. 학생들은 멍하게 그 의미가 어마어마한 말만 생각한다. **무엇. 무엇을 말하고자 하나?** 조지는 어떤 답을 바라고 있을까? 조지가 좋아할 만한 답이라면 뭐든 말할 텐데. 학생들은 고등교육을 받았음에도, 대부분이 마음 깊고 깊은 곳에서는 이 **무엇**에 대한 질문과 대답을 복잡하고 피곤한 게임으로 여긴다. 이러한 접근법을 제2의 천성으로 몸에 익힌 소수의 학생, 이전에 포크너나 제임스나 콘래드가 **무엇**을 말하는지를 다룬 책들은 모두 아무것도 아니며 언젠가 그 주제들에 대해서 자신만의 책을 쓸 꿈을 꾸는 소수는 아직 한참 동안 아무 말 하지 않는다. 이런 학생들은 헉슬리의 범죄를 해결하는 스타 형사로 돋보일 수 있을 때까지 기다린다. 그사이에 미꾸리가 날뛰게 두자. 먼저 물을 흙탕물로 만들도록 두자.

친절하게 먼저 흙탕물을 만드는 사람은 알렉산더 몽이다. 물론 알렉산더도 바보가 아니다. 자기가 무슨 짓을 하고 있는지 잘 안다. 추상화가이니만큼, 형태가 있는 것을 생각하는 일은 유치할 뿐이라는 철학을 갖고 있기 때문인지도 모른다. 백인이라면 먼저 나서는 일을 꺼릴지 모르지만, 알렉산더는 꺼리지 않고, 그 아름다운 중국인의 미소를 띠며 말한다. "질투에 사로잡힌 부자 이야기인데, 자기 애인에 비해서 자기가 너무 늙어서 두려워하고, 젊은 남자가 자기 애인에게 접근하는 줄 아는데, 사실은 그런 게 아니고, 여자와 박사가 같이 있는 걸 보고 절망해요. 그래서 부자가 총을 쏘는데 실수로 젊은 남자를 쏘고, 박사는 이 사람들의 범죄를 덮는 걸 돕고 그러다가 모두 영국으로 가는데 거기서 이 백작 인물을 만나는데 백작은 지하실에서 여자랑 원숭이가 돼서……"

이 대목에서 큰 웃음이 터진다. 조지도 즐거운 미소를 띤 채 묻는다. "포디지와 프롭터를 빼먹었죠. 이 두 인물은 소설 속에서 무슨 역할을 하죠?"

"포디지요? 아, 예. 포디지는 백작이 이상한 생선을 먹는 것을 발견하고 ─"

"잉어 말이죠."

"예, 맞아요. 그리고 프롭터는 ─" 알렉산더는 씩 웃고 머리를 긁적인다. 머리카락이 조금 봉 뜬다. "죄송합니다. 이해해주셔야 돼요. 있죠, 책을 다 읽느라고 오늘 새벽 2시 반까지 잠도 못 잤어요. 와! 이런 기타 등등의 인물은 들추기 싫어요."

더 큰 웃음. 알렉산더는 제 할 일을 다 했다. 예술을 모르는 자들에게 사건을 애교 있게 넘겼다. 이제 학생들의 입이 풀려서 답이

이어질 것이다.

몇가지를 보면, 다음과 같다.

프롭터 씨는 자아가 실재하지 않는다는 말을 하지 말아야 했다. 그 말 때문에 프롭터 씨는 인간 본성을 전혀 믿지 않는 사람이 됐다.

이 소설은 무미건조하고 추상적인 신화다. 어쨌든 우리가 왜 영생을 바라야 하나?

영리하지만 냉소적인 소설이다. 헉슬리는 따뜻한 인간 감정을 작품에 더 실어야 했다.

이 소설은 뛰어난 영적인 설교다. 생명의 수수께끼를 파고들지 않아야 한다는 교훈을 준다. 불멸의 삶을 억지로 얻으려 해서는 안 된다.

헉슬리는 놀랍게 엉뚱하다. 이 세상에서 인간을 없애고 동물과 영혼에게만 안전한 세계를 만들려 한다.

악행이 시간에서 이루어지므로 시간이 악하다고 말하는 것은, 물고기가 바다에 있으므로 바다가 물고기라고 말하는 것과 같다.

프롭터 씨는 성생활을 전혀 하지 않는다. 그래서 이 인물은 설득력 없다.

포디지 씨의 성생활은 설득력 없다.

프롭터 씨는 제퍼슨주의 민주주의자이자, 아나키스트이자,

볼셰비즘 신봉자이자, 존 버처의 원형 같은 인물이다.

프롭터 씨는 현실도피자다. 피트와 스페인 내전에 관해 나누는 대화에서 알 수 있다. 피트는 좋은 사람이었지만, 프롭터 씨에게 세뇌되어서 제정신을 잃고 신을 믿기 시작한다.

헉슬리는 여성을 진정으로 이해하는 작가다. 버지니아가 장밋빛 스쿠터를 탄다는 설정은 완벽했다.

그리고 또 기타 등등…… 조지는 미소를 지은 채 가만히 서서 학생들이 즐기게 두고 자신은 거의 입을 열지 않는다. 놀이동산의 공 던지기 부스에 있는 직원처럼 소설 옆에 서서 감독하며 사람들이 공을 던져서 표적을 맞히게 부추기고 있다. 순수하게 즐거워하고 있다. 그래도 꼭 지켜져야 하는 규칙들은 있다. 헉슬리가 마약 중독자에 가깝다는 암시를 깔고 메스칼린과 리세르그산 이야기를 꺼내는 사람이 나오자, 조지는 정중하게 반박한다. 또다른 사람이 소설을 실화로 돌리려고 수줍게 말하자 ― 혹시, 조 스토이트가 피트를 쏜 것과 유명한 실존 여성 사이에 어떤 연관이 있을 수도 있나요? ― 조지는 전혀 아니라고 대답한다. **그런** 소문은 1930년대에 이미 사실이 아님이 밝혀졌다고.

이제 조지가 예상한 질문이 나온다. 물론 지칠 줄 모르고 **비非유대인**에 관한 질문을 퍼붓는 마이런 허시다.

"선생님, 79면을 보면, 프롭터 씨가 성서에서 가장 한심한 구절로 **이유 없이 나를 미워했다**를 꼽잖아요. 나치가 유대인을 미워해도 된다는 근거로 말한 걸까요? 헉슬리는 반유대주의자인가요?"

조지는 길게 숨을 내쉰 뒤, 부드럽게 대답한다. "아니."

조지는 조용하게 만들 목적으로 잠시 말을 쉰 뒤—마이런의 거친 말에 강의실이 조금 술렁였다—크게 힘주어 되풀이한다. "아니."

"헉슬리는 반유대주의자가 **아니야.** 나치는 유대인을 미워할 권리가 **없어.** 그러나 나치가 이유 없이 유대인을 미워한 것은 **아니야.** 아무도 이유 없이 미워하지 **않는데**——

음, 이 이야기에서 유대인 문제는 제외하도록 하죠. 각자 입장이 어떻든 오늘날 유대인에 대해 객관적으로 토론하기란 불가능할 겁니다. 향후 20년 동안은 아마 불가능할 겁니다. 그러니까 이것을 다른 소수집단에 비추어 생각해봅시다. 뭐든 좋아요. 그렇지만 작은 소수집단이어야 합니다. 조직화되지 않고 대변할 위원회도 없는 작은 소수집단 말입니다——"

조지는 깊이 빛나는 표정으로 월리 브라이언트를 바라본다. 그 표정은 말한다. 소수집단의 어린 자매여, 나는 너와 함께한다. 월리는 몸이 통통하고 낯빛이 누렇다. 곱슬머리를 잘 빗고 손톱 손질을 깔끔하게 하고 눈썹을 세심하게 다듬지만, 그 때문에 오히려 더욱 매력 없어 보이기만 한다. 월리가 조지의 표정을 알아본 게 확실하다. 월리는 당황한다. 상관없어! 조지는 이제 월리에게 절대 잊지 못할 가르침을 줄 터이다. 소심한 영혼을 스스로 느끼게 해줄 터이다. 손톱 줄을 던지고 삶의 진실과 마주할 용기를 줄 터이다—

"자, 예를 들어서, 주근깨가 있다고 해서 주근깨 없는 사람에게 소수집단으로 여겨지지는 않죠. 그러므로 주근깨 있는 사람은 우리가 말하는 의미에서는 소수집단이 **아니죠.** 왜 아닐까요? 왜냐하면 소수집단은, 실제로든 상상으로든, 다수에게 위협이 될 때에만 소수집단으로 여겨지기 때문이죠. 그리고 위협 중에서 상상**에만** 머무는 것은 없습니다. 이 말에 찬성하지 않는 사람이 있나요? 있다면, 스스로에게 물어보세요. 소수집단이 밤사이 갑자기 다수가 되면 어떨까? 무슨 말인지 알겠습니까? 모르겠다면, 더 깊이 생각하세요!

좋습니다. 이제 자유주의자를 떠올립시다. 이 강의실 안에 있는 모두가 자유주의자일 거라고 나는 믿습니다. 자유주의자들은 말하죠. '소수집단도 우리와 같은 사람이다.' 물론 소수집단도 사람입니다. **사람**이죠. 천사가 아니라. 물론 소수집단도 우리와 같습니다. 그러나 우리와 **똑같지는** 않습니다. 자유주의자의 히스테릭한 모습은 너무나도 많이 볼 수 있는데, 이런 자유주의자의 생각에 빠지면, 흑인과 스웨덴 사람 사이에 정말로 아무 차이도 볼 수 없다고 스스로를 속이기 시작합니다—"(오, 조지가 왜 용기를 내서 '에스텔 옥스퍼드와 버디 쏘렌슨 사이'라고 말하지 못했을까? 조지가 그렇게 말했다면 원자탄 같은 웃음이 터졌을 텐데. 모두가 깨닫고, 바로 이곳 278호 강의실에서 천국의 왕국이 시작될 텐데. 그러나 다시 생각하면, 그런 일들은 일어나지 않을지도 모른다.)

"자, 이제 똑바로 봅시다. 소수집단은 우리와는 다르게 보고 행동하고 생각하는 사람이며, 우리에게 없는 결함을 가진 사람일 겁니다. 우리는 소수집단이 보고 행동하는 방식을 좋아하지 않을 수 있고, 소수집단의 결함을 싫어할 수도 있습니다. 그리고 우리가 소수집단을 좋아하지 않거나 미워한다고 인정하는 것이, 가짜 자유주의적 감상주의로 우리 감정을 속이는 것보다 **낫습니다.** 우리가 스스로의 감정에 솔직하면, 안전밸브가 생깁니다. 안전밸브가 있으면, 실제로 박해를 덜 하게 됩니다…… 이런 주장은 아직 널리 퍼지지 않았습니다. 지금 우리는 무엇을 충분히 오래 무시하면 그것이 언젠가 그냥 사라질 것이라고 믿으려 애쓰기만 해오고 있죠—

어디까지 말했죠? 아, 그렇군요…… 자, 이제, 이 소수집단이 박해를 받는다고 가정합시다. 이유는 상관없어요. 정치적, 경제적, 심리적 이유, 다 좋습니다. 아무리 잘못된 이유라도 늘 이유가 **있기** 마련이죠. 그게 제 관점입니다. 그리고 물론 박해 그 자체는 늘 잘못된 것입니다. 그 점에는 여기 있는 사람들 모두 분명히 찬성하겠죠? 그러나 무엇보다 나쁜 것은, 우리가 이제 또다른 자유주의 이설에 들어가는 겁니다. 자유주의자들은 말합니다. 박해하는 다수는 극도로 나쁘기 **때문에, 그러므로** 박해받는 소수는 흠 없이 순수해야 한다고. 이것이 얼마나 당찮은 말인지 모르겠나요? 악한이 더 나쁜 악한에게 박해받지 않도록 막는 것은요? 원형경기장에 있던 기독교 순교자들은 모두 성인이어야 하나요?

자, 이제 다른 이야기를 해보죠. 소수집단에도 나름의 공격성이 있습니다. 소수집단은 다수에게 공격하라고 부추깁니다. 소수집단은 다수를 미워합니다. 이유가 없지 않죠. 소수집단은 다른 소수집단까지 미워합니다. 왜냐하면 소수집단은 모두 경쟁관계에 있기 때문입니다. 소수집단은 저마다 자기 집단이 가장 큰 고통을 받고 있고 자기 집단이 가장 심한 불이익을 받고 있다고 주장하죠. 소수집단은 모두를 미워할수록, 또 박해만 받을수록, 더 험악해집니다! 사랑받는 것이 사람을 험악하게 만들까요? 그럴 리 없죠! 그런데 왜 미워함으로써 그 사람들을 착하게 만들 수 있다고 생각하나요? 박해를 받고 있는 사람은 자기 상황을 미워합니다. 그런 상황이 벌어지게 만든 사람들을 미워합니다. 미움의 세계에 있게 됩니다. 그렇기 때문에, 사랑을 만나게 된다 해도 사랑을 알아볼 수 없어요! 사랑을 의심하게 됩니다! 사랑 뒤에 무엇이, 무슨 꿍꿍이나 계략이 있다고 생각하게 됩니다 ——"

이쯤 되자 조지 스스로도 더는 알지 못한다. 자신이 무엇을 증명했는지, 편이 있다면 누구 편에서 말하고 있는지, 아니, 정말 자신이 정확히 무슨 말을 하고 있는지. 그러면서도 이 말들은 진정한 열정으로 입에서 튀어나왔다. 말이 되건 되지 않건, 하나하나가 다 진심이었다. 채찍질을 하듯 말들을 휘둘렀다. 월리를 깨우기 위해서, 에스텔도, 마이런도, 그리고 학생 모두를 깨우기 위해서. 귀가 있는 자, 들을지니 ——

월리는 계속 당혹스러운 표정이다. 그러나 아니다, 채찍을 맞지도, 깨어나지도 않았다. 이제 월리의 시선은 조지의 얼굴에 있지 않다. 조지도 알았다. 월리의 시선은 위로 올라가서 조지 뒤 어디, 고개 위 벽을 향하고 있다…… 이제 조지는 재빨리 강의실을 훑어보다가, 흔들리고, 기세가 꺾인 채, 다른 사람들의 눈도 모두 위로 올라가 있음을 깨닫는다. 사람들의 시선은 빌어먹을 시계에 집중되어 있다. 조지가 직접 돌아서서 제 눈으로 확인할 필요도 없다. 시간을 넘겼음을 스스로도 잘 알고 있다. 조지는 하던 이야기를 끊고 퉁명스럽게 말한다. "다음 월요일에 다시 하죠." 그러자 학생들은 즉시 일어서서 책을 챙기고 잡담을 시작한다.

뭐, 어쨌든, 달리 무엇을 기대할까? 학생들 대부분은 십분 사이에 다른 곳으로 서둘러 가야 한다. 그래도 조지는 신경이 곤두서 있다. 강의 시간이 끝나기 직전에 스스로를 잊고 이렇게 흥분한 것은 참으로 오랜만이다. 정말 부끄럽다! 한심하게 열정적인 늙은 교수. 시간도 생각하지 않고 장황하게 떠들다니. 학생들이 한숨을 쉬며 말했겠지. 저 사람이 또 흥분했군! 조지는 학생들이 재빨리 빠져나가는 모습을 보며, 일순, 학생들을, 바탕에 깔린 외면할 수 없는 무관심을 미워한다. 다시 한번, 5달러에 다이아몬드를 내놓았지만, 사람들은 늙은 행상이 미쳤다고 생각하며, 어깻짓과 웃음만 남기고 등을 돌렸다.

그래서 세 사람이 질문하려고 서성거리고 있는 모습에 조지는 자비심을 짜내서 미소를 짓는다. 그러나 마리아 수녀의 질문은 별것 아니다. 헉슬리의 소설에 언급된 책들을 다 읽어야 기말고사를 준비할 수 있는지 묻는다. 조지는 생각한다. '물론이죠.『소돔 120일』도 읽어야 합니다' 하고 대답하면 얼마나 재미있을까. 물론 조지는 그렇게 대답하지 않는다. 조지는 마리아 수녀를 안심시키고, 수녀는 공부할 짐이 한결 가벼워진 것에 즐거워하며 돌아간다.

버디 쏘렌슨은 사과하려고 남아 있었다. "죄송합니다. 선생님께서 먼저 읽어주실 줄 알고 안 읽었어요." 순수한 멍청함일까, 교활함일까? 조지는 굳이 캐내려 하지 않고, 버디의 배지를 보며 말한다. "미사일 반대!" 조지는 전에도 버디에게 그 말을 한 적이 있다. 버디는 환하게 웃는다. "예, 반대, 반대!"

네타 토레스 부인은 소설 속 마을인 고니스터가 실제 영국 마을을 모델로 한 것인지 묻는다. 조지도 답을 모르는 질문이다. 조지가 내놓을 수 있는 대답은 그저, 오비스포와 스토이트와 버지니아가 백작 5세를 찾는 마지막 장에서 런던 외곽 남서쪽으로 가는 것으로 나오므로 고니스터는 햄프셔나 써섹스 어디쯤이 아닐까…… 그러나 그 질문은 그저 말을 꺼내기 위한 수단일 뿐임이 밝혀진다. 토레스 부인은 조지에게 십년 전 영국에서 잊지 못할 삼주를 보냈다는 말을 하려고 영국 이야기를 꺼냈던 것이다. 하지만 스코틀랜드에서 대부분을 보냈고, 나머지 시간은 런던에서 보냈다고 한다. 토레스 부인은 열렬하게 조지의 얼굴을 뜯어보며 말한다. "선생님의 강의를 들을 때마다 그 아름다운 영국 억양이 떠올라요. 음악 소리 같아요." (조지는 토레스 부인에게 그 영국 억양이라는 게 무엇인지 묻고 싶은 마음이 간절하다. 코크니 아니면 고

발스?) 이제 토레스 부인은 조지에게 고향이 어디인지 묻는다. 조지가 대답하자, 토레스 부인은 처음 듣는 곳이라고 말한다. 조지는 토레스 부인이 당황하는 순간을 틈타서 이 **둘만의 대화**에서 벗어난다.

다시 조지의 사무실이 유용해진다. 조지는 토레스 부인으로부터 벗어나기 위해서 사무실로 간다. 사무실에는 고틀리브 박사가 있다.

고틀리브는 몹시 흥분해 있다. 영국에서 방금 책을 받았기 때문이다. 옥스퍼드 대학교의 어느 교수가 쓴 프랜시스 퀼스에 대한 새 책이다. 고틀리브는 퀼스에 대해서 그 교수만큼 낱낱이 알고 있을 것이다. 그러나 옥스퍼드의 자식인 이 교수의 배경으로 장엄하게 솟은 옥스퍼드에, 시카고의 어느 마뜩잖은 동네에서 태어난 불쌍한 고틀리브는 완전히 압도된다. "이런 일을 하려면 **배경**이 필요하다는 사실을 새삼 깨닫게 돼." 조지는 슬프고 우울해진다. 고틀리브 필생의 소원이 저 한심한 옥스퍼드 교수가 되어서 놀림조의 독설로 찬 깐깐하고 시큼한 글을 쓰는 것이라니.

조지는 잠시 그 책을 양손에 들고 적절한 경의를 표하며 책장을 조금 넘긴 뒤, 뭘 좀 먹어야겠다고 생각한다. 건물에서 나오자, 케니 포터와 로이스 야마구치가 맨 먼저 눈에 띈다. 새로 나무들을 심은 풀밭에 앉아 있다. 그중에서도 가장 작은 나무 아래다. 잎은 열장 남짓. 그 아래 앉아 있다니, 터무니없기만 하다. 바로 그 때문에 케니가 그 자리를 골랐겠지. 케니와 로이스의 표정은 남태평양 산호초에 표류된 놀이를 하는 어린아이 같군. 조지는 그런 생각을 하며 두 사람에게 미소를 보낸다. 두 사람도 미소로 답한다. 그러다가 로이스가 소리 내서 웃기 시작한다. 조심스럽게 부끄러워하는 일본인의 웃음. 조지는 케니와 로이스의 산호초를 마치 증기선처럼 바싹 스치며 멈추지 않고 지나간다. 로이스는 조지가 증기선임을 아는 듯, 증기선에 손을 흔드는 사람들의 모습 그대로 즐거이 조지에게 손을 흔든다. 섬세한 동작으로 자그마한 손목과 손을 매혹적으로 흔든다. 케니도 손을 흔든다. **케니도** 조지가 증기선인지 아는지는 의문이다. 그저 로이스를 따라 하고 있을 뿐이다. 어쨌든 조지는 두 사람의 손짓에 마음이 훈훈해진다. 조지도 손을 흔들어 답한다. 낡은 증기선과 표류하는 두 젊은이가 신호를 주고받은 것이다. 그러나 구조 신호는 아니다. 세 사람은 각자의 사생활을 존중한다. 끼어들 욕구는 없다. 그저 서로 안녕을 빌 뿐이다. 조지는 아까 테니스를 치는 학생들에게서 느낀 즐거움을 또 한번 느낀다. 그러나 이번에는 감정이 전혀 찜찜하지 않다. 오히려 평화롭고 밝다. 조지는 뒤돌아볼 마음도 없이, 혼자 미소를 지은 채 증기를 뿜으며 구내식당으로 흘러간다.

그러나 그때 바로 뒤에서 부르는 소리가 들린다. "선생님!" 조지가 돌아본다. 케니다. 케니는 운동화를 신고 소리 없이 달려왔다. 조지는 케니가 다음에는 무슨 책을 읽을 예정인가 같은 질문을 하고 가리라 예상한다. 그러나 아니다. 케니는 조지와 나란히 걸으며 무덤덤하게 말한다. "서점에 가야 해요." 케니는 조지가 서점에 갈 것인지 묻지도 않는다. 조지도 케니에게 서점에 갈 생각이 아니었다고 말하지 않는다.

"선생님, 메스칼린 해보셨어요?"

"응. 한번. 뉴욕에서. 팔년 전인가. 당시에는 아무 규제 없이 팔았어. 그냥 약국에 가서 '메스칼린 주세요' 했지. 약사도 메스칼린이 뭔지 모르더군. 그렇지만 구해둘 테니 며칠 뒤에 오라고 하더군. 그렇게 샀어."

"그럼, 뭐랄까, 환각 같은 게 보여요?"

"아니. 환각이라고 말할 만한 효과는 없어. 처음에는 멀미가 나더군. 심하지는 않았어. 그래도 좀 무섭긴 했어. 지킬 박사가 처음으로 약을 먹었을 때도 무서웠겠지. 그런 느낌이었어…… 그러다가 어떤 색들이 아주 밝게 두드러져 보였어. '사람들이 왜 저 색을 못 알아보지?'라는 생각조차 들지 않을 정도야. 식당 테이블에 어떤 여자 지갑이 놓여 있었는데, 그 빨간색이 지금도 눈에 선해. 신문에 난 스캔들 기사 같았어! 사람들 얼굴은 캐리커처로 보였어. 무슨 말인가 하면, 그 특징이 확 드러나 보여. 대충 그린 단순한 선으로 보이지. 엄청나게 허영심에 찬 사람, 말 그대로 고민 끝에 병든 사람, 싸움에 안달난 사람도 있어. 그저 아름답기만 한 사람도 아주 소수지만 보여. 이런 사람들은 어떤 일에도 화를 내거나 공격적이지 않고, 삶을 있는 그대로 받아들이지…… 아, 그리고 모든 게 점점 더 삼차원적으로 보여. 커튼이 무게를 가지기 시작하고, 조각품처럼 보이게 돼. 나뭇결은 꺼끌꺼끌해 보이고, 꽃과 식물도 아주 생생하게 보여. 제비꽃 화분이 기억나. 움직이지는 않는데, 분명히 움직일 수 있다는 생각이 들어. 똬리를 틀고 가만히 있는 뱀 같아…… 그러다가 사물이 최대치로 작동하지. 방의 벽들과 주위 모든 것이 숨을 쉬고, 나뭇결이 액체처럼 흐르는 것 같아…… 그러다가 그런 모습은 서서히 다 사라지고 정상으로 돌아가. 숙취는 없어. 약효가 사라진 뒤에도 괜찮았어. 저녁도 푸짐하게 먹었어."

"다음에 또 안 하셨어요?"

"응. 특별히 또 하고 싶다는 생각은 안 들었어. 그냥 한번 경험해보는 것으로 충분하던걸. 나머지 캡슐들은 친구들한테 줬어. 한 사람은 나랑 비슷한 것을 보았대. 또 한 사람은 아무것도 안 보이더래. 어떤 사람은 평생 그렇게 무서운 적이 없었대. 그런데 그 말은 인사치레 아닌가 싶어. 파티가 재미있었다고 감사 인사를 하듯—"

"혹시 지금도 가지고 계세요?"

"아니, 없지! 있다 해도, 학생에게 주지는 않아. 학교에서 쫓겨나는 건 그것보다 훨씬 재미있는 일 때문이어야지."

케니가 씩 웃는다. "죄송합니다. 그냥 궁금해서 여쭌 겁니다…… 정말 해보고 싶으면 저도 얼마든지 구할 수 있어요. 그런

약들은 캠퍼스 안에서 다 구할 수 있는걸요…… 로이스의 친구가 있는데, 걔도 갖고 있어요. **걔** 말로, 자기는 그걸 먹었을 때 신을 봤대요."

"뭐, 그랬을 수도 있지. 내가 적게 먹었는지도 모르고."

케니가 조지를 내려다본다. 즐거워하는 표정이다. "선생님, 있죠, 선생님께서는 신을 **보셨어도** 저희에게는 말하지 않으실 분이에요."

"왜 그렇게 생각하지?"

"로이스가 그랬어요. 로이스는 선생님께서, 뭐랄까, 신중하시다고 생각해요. 오늘 아침에도 그랬죠. 저희가 헉슬리에 대해서 온갖 헛소리를 늘어놓아도 선생님은 듣고만 계셨잖아요."

"**네가** 그리 많이 이야기를 한 줄은 모르겠는걸. 한번도 입을 열지 않은 것 같은데."

"선생님을 보고 있었어요…… 정말이에요. 로이스의 말이 맞는 것 같아요! 선생님께서는 저희가 떠들게 두고, 나중에 바로잡으시죠. 선생님 강의가 재미없다는 말은 아니에요. 재미있어요. 그렇지만 선생님께서는 알고 있는 사실을 **모조리** 저희에게 말씀하시지는 않아요―"

조지는 우쭐하고 들뜬다. 케니가 이렇게 말하는 것은 처음이다. 케니가 조지에게 기대하는 모습이 어찌나 매력적인지, 조지는 그 역할에 끌려들지 않을 수 없다.

"뭐, 관점에 따라서는 사실일 수도 있지…… 있잖아, 질문을 받기 전까지는 자신이 아는 줄도 모르는 것들이 있어."

테니스장에 다다른다. 이제 경기장들은 꽉 차 있다. 움직이는 형체들이 점점이 보인다. 조지는 베테랑 중독자답게 도마뱀 같은 빠른 눈길로 아침에 본 두 젊은이가 없는 것과 육체적으로 매력적인 사람이 한명도 없는 것을 금방 확인한다. 가장 가까운 경기장에는, 뚱뚱한 중년 교수가 다리털 난 여자와 땀을 흘리며 테니스를 치고 있다.

조지는 의미심장하게 말을 잇는다. "대답을 하려면, 먼저 다른 사람의 질문을 받아야 해. 그러나 올바른 질문을 던지는 사람을 만날 기회란 많지 않아. 사람들 대부분은 그리 관심을 두지 ─"

케니는 말이 없다. 케니가 조지의 말을 깊이 생각하고 있을까? 조지에게 지금 질문을 던질까? 기대감에 조지의 맥박이 빨라진다.

조지는 눈을 계속 아래로 깔고 가능한 한 객관적으로 들리게 애쓰며 말한다. "나는 신중**하려는** 게 아니야. 케니, 있지, 나도 완전히 솔직하게 **말하고** 싶을 때, **토론하고** 싶을 때가 아주 많아. 물론 강의 이야기는 아니야. 강의 때에는 효과가 없겠지. 오해하는 사람이 분명히 생길 테고 ─"

침묵. 조지는 눈을 들어서 케니를 본다. 케니는 아무 관심도 없이 다리털 많은 여자를 보고 있다. 케니는 조지의 말을 아예 듣지 않았는지도 모른다. 들었는지 안 들었는지 알 수 없다.

케니가 불쑥 말한다. "로이스의 그 친구 말이에요, 신을 못 봤는지도 몰라요. 그냥 스스로도 속고 있는지 모르죠. 아, 그 친구는 약을 먹은 뒤에 얼마 지나지 않아서 정신이 이상해졌거든요. 석달 동안 정신병원에 갇혀 있었어요. 로이스한테 그랬대요. 정신이 나가 있는 동안 자기가 악마로 변했고, 하늘에서 별을 딸 수 있었다고요. 정말 그랬대요! 별을 한번에 일곱개나 딸 수 있다고 했대요. 그렇지만 경찰이 무서웠대요. 경찰은 악마를 잡는 기계를 가지고 있는데, 그 기계에 잡히면 악마는 물로 변한다나요. 그 기계 이름이 **모**Mo래요. 왜, 선생님도 아시겠지만, 신을 뜻하는 인도 단어가 **옴**Om이잖아요. 그걸 거꾸로 한 거죠."

"경찰이 악마를 물로 만든다니, 그럼 경찰이 천사라는 뜻이잖아. 그것참, 말이 되네. 경찰이 천사인 곳은 정신병원일 게 분명하니까."

케니는 그 말에 소리 내어 웃고, 서점에 도착할 때까지 그치지 않는다. 케니는 연필깎이를 사려 한다. 서점에는 빨강, 초록, 파랑, 노랑의 플라스틱 덮개가 달린 연필깎이들이 있다. 케니는 빨간색을 집는다.

"선생님은 뭘 사러 오셨어요?"

"글쎄, 사실은 살 게 없어."

"아니, 제 길동무가 되려고 여기까지 오셨다고요?"

"응. 그러면 안 되나?"

케니는 깊이 놀라고 기뻐하는 듯하다. "그럼 제가 감사의 선물을 드려야죠! 이 중에서 하나 고르세요. 제가 사겠습니다."

"아, 그럴 필요는──뭐, 고마워!" 조지는 마치 장미 한송이를 선물로 받기나 한 듯이 정말로 얼굴을 조금 붉히고, 노란색 연필깎이를 고른다.

케니가 씩 웃는다. "파란색을 고르실 줄 알았어요."

"왜?"

"파란색이 영적인 색 아닌가요?"

"내가 영적이고 싶을 거라고 생각한 이유가 뭘까? 그럼, 자네는 왜 빨간색을 골랐지?"

"빨간색은 뭘 의미하죠?"

"분노와 욕정."

"정말요?"

두 사람은 말이 없다. 친밀하게 씩 웃고 있을 뿐이다. 조지는 이 이중적인 대화가 서로를 이해하게끔 더 가까이 만들지는 않더라도, 그 '이해 못 함', 의도가 엇갈린 채 남아 있고자 하는 것이 그 자체만으로도 일종의 친밀함이라고 느낀다. 케니는 연필깎잇값을 치른 뒤, 격의 없이 가볍게 손을 흔들며 작별 인사를 한다. "또 봬요."

케니가 서점을 나간다. 조지는 케니를 뒤쫓는 듯이 보이지 않으려고 잠시 서점에서 서성거린다.

밥을 먹는 일을 종교 의식에 비유하자면, 교수 식당은 가장 음울하고 헐벗은 퀘이커 교도의 예배당이라 일컬을 만하다. 음식이 편안하게 제공되고 다 함께 밥을 즐기는 의례는 찾아볼 수 없다. 교수 식당은 '반反식당'이다. 크롬과 플라스틱으로 된 테이블들로 지나치게 깨끗하다. 다 쓴 종이 냅킨과 종이컵을 버릴 갈색 철제 휴지통들이 있어서 지나치게 깔끔하다. 학생들이 이용하는 구내식당이 잡담 소리로 시끄러운 반면, 지나치게 조용하다. 이 조용함은 무기력하고 어색하고 자의식적이다. 옥스퍼드나 케임브리지 교수 식당의 상석들은 그 테이블들을 차지한 사람들의 나이 때문에 그래도 공경할 만하거나, 적어도 장엄하기라도 하다. 그러나 그에 비해 이곳 교수들은 상대적으로 젊다. 조지는 가장 나이가 많은 교수에 속한다.

적지 않은 사람들, 특히 젊은 사람들이 침울하고 패배한 표정을 짓고 있다니, 보는 것만으로도 슬프고 또 슬프다. 왜 이들은 자신의 삶을 이렇게 느끼고 있을까? 물론 보수가 적다. 물론 경제적인 측면에서 대단한 전망이 없다. 물론 회사 중역들과 어울리는 축복을 즐길 수 없다. 그러나 아직 사분의 삼이 살아 있는 학생들과 함께 있는 것이 위안이 되지 않나? 쓸모없어질 소비재에 도움이 되는 대신 **쓸모가 있는** 것이 조금이라도 만족스럽지 않나? 자신이 이 나라의 직업 중 가망 없이 타락하지 않은 몇 안 되는 직업에 속해 있음을 아는 게 대단한 일 아닌가?

확실히 이 침울한 교수들은 모르고 있다. 알려고 노력하면 만족할 텐데. 어쨌든 이들은 이 일을 위해 노력해왔고, 이제 이 직업으로 살아야 한다. 속이고 거짓말하고 남을 등치는 법을 배웠어야 할 시간을 낭비한 것이다. 중간상, 장사치, 프로모터 같은 다수에서 스스로를 격리시키면서 애써 이 건조하고 존경을 잃은 지식을 얻었다. 존경을 잃은 것은, 말하자면, 지식 없이도 살아나갈 수 있는 중간상 때문이다. 중간상은 제품, 실용적인 응용만 원한다. 중간상은 말한다. 이 교수들은 한심하다고. 돈을 벌 수 없는 지식이 무슨 소용이냐고. 침울한 교수들은 중간상에게 반 이상 동감하며, 자신이 약고 부정직하지 못한 것을 남몰래 부끄러워한다.

조지는 음식 카운터를 지나간다. 카운터에는 김이 나는 냄비들이 있고, 종업원들이 그 냄비에서 스튜나 채소나 수프를 떠서 준다. 샐러드나 과일 파이, 반투명해서 선명한 녹색 핏줄이 보이는, 치명적인 독 같은 기묘한 젤리를 먹을 수도 있다. 이 젤리를 파충류 전시관 유리 너머에 있는 무엇인 양 마뜩잖게 매료되어 바라보고 있는 사람이 있다. 그랜트 르파누다. 그랜트는 젊은 물리학 교수로, 시도 쓴다. 침울한 교수들과 정반대에 있으며, 더할 수 없이 즐거운 사람이다. 조지는 그랜트를 꽤 좋아한다. 그랜트는 키가 작고 말랐으며, 안경을 낀다. 진정한 지적 열정으로 환하게 웃을 때에는 큰 이가 드러난다. 백년 전 제정 러시아의 반란자들을 생각하면, 그랜트의 모습을 쉬이 떠올릴 수 있다. 기회만 주어진다면 그랜트는 이념을 따르는 광적인 영웅이 될 것이다. 한치의 망설임도 없이 곧장 행동으로 실천할 것이다. 창백한 얼굴에 이글거리는 눈동자의 학생과 무정부주의자와 이상주의자 모두가 밀실에서 홍차와 담배를 놓고 밤새도록 나눈 토론은, 이튿날 아침, 문자 그대로 철저한 순수함으로, 행동으로 옮겨져, 폭탄을 던지고, 자랑스러운 구호를 외치고, 젊은 몽상가 겸 실천가가 여전히 미소를 지으며 지하감옥과 총살형 집행대로 끌려가게 만들 것이다. 그랜트의 얼굴에서 그런 미소를 종종 보게 된다. 자신의 의견을 아주 노골적으로 드러내지 않을 수 없어서 거의 쑥스러움에 짓는 미소다. 수줍게 웅얼거리다가 갑자기 자포자기하여 너무 크게 말하는 사람. 그랜트가 그런 사람이다.

사실 그랜트는 최근에 자그마한 영웅적 행동을 하기도 했다. 어느 출판사가 1920년대에 나온 뛰어난 섹스 고전들을 판 죄로 기소되어 재판을 받았는데, 그랜트가 피고 변호를 위한 증인으로 나선 것이다. 그 섹스 고전들은 중남미에서나 구할 수 있었지만, 이제 미국 젊은이도 그 책들을 읽을 권리가 있다는 재판이 계속 열리고 있다. (조지는 자신이 젊은 시절 빠리를 여행할 때 읽은 섹스 고전과 그 출판사에서 낸 책이 같은 것인지는 알 수 없었다. 어쨌든 조지는 그 책이나 그와 비슷한 책들을 섹스 장면 중간에 쓰레기통으로 던졌다. 물론 음란한 책이 나쁘다는 생각에서 버린 것은 전혀 아니었다. 이성애자들이 쓰고 싶다면 마음껏 쓰게 하자, 읽고 싶다면 누구나 읽게 하자. 그러나 조지에게는 몹시 지루했고, 솔직히 아주 조금 역겹기도 했다. 현대 작가들이 간단하고 유익한 오래된 주제, 가령, 소년들에 대해서 왜 쓰지 않을까?)

그랜트 르파누는 교수직을 잃을 위험도 무릅쓰고 책을 변호했다. 주립대학교의 영향력 있는 고위직 교수들이 이미 검찰 측 증인으로 나서서 그 책이 추잡하고 저급하며 위험하다고 증언한 바 있었기 때문이다. 검사는 그랜트에게도 증언을 부탁했다. 그랜트는 예의 그 수줍은 미소를 띤 채 자신은 동료 교수들과 의견이 다르다고 말했다. 검찰에서는 한동안 계속 그랜트를 괴롭히며 법정에서 진술하라는 압력을 세 차례나 가했다. 그랜트는 결국 추잡하고 저급하며 위험한 것은 책이 아니라 그 책을 공격하는 사람들이라는 취지의 발언을 내뱉고 말았다. 사태를 더 나쁘게 만들기라도 하듯, 지역의 자유주의자 칼럼니스트가 이 발언 전모를 즐거이 신문에 발표하며, 나이 든 교수진들을 반동적인 늙다리 괴물로, 그랜트를 시민의 자유를 수호하는 똑똑한 젊은이로 묘사하고, 그랜트의 증언을 늙은 교수를 향한 개인적인 비난으로 왜곡했다. 이제 그랜트의 임기가 이번 학기 말에 연장될는지도 의문이다.

그랜트는 조지를 동료 전복자로 여기고, 조지를 분에 넘치게 높이 산다. 조지가 연장자이기 때문이고, 조지가 영국 괴짜 역할을 해도 되기 때문이며, 최후의 수단으로 약간의 개인 수입도 있어서 캠퍼스에서 하고 싶은 말을 충분히 할 수 있기 때문이다. 불쌍한 그랜트는 개인 수입이 전혀 없고, 아내와 계획 없이 낳은 세 아이도 부양해야 한다.

"새로운 일 있어?" 조지의 질문이 뜻하는바, 적들이 또 어떤 짓을 했어?

"경찰 학생들을 위한 특수과정 아시죠? 워싱턴에서 온 특별 인

사가 공산주의자를 알아볼 수 있는 스무가지 방법을 오늘 강연한
대요."

"설마!"

"같이 가실래요? 우리 둘이서 그 사람한테 황당한 질문을 던지
면 재밌지 않겠어요?"

"몇시지?"

"4시 30분요."

"못 가. 한시간 뒤에 시내로 가야 해."

"안타깝네요."

"그러게." 조지는 마음이 놓인다. 어쨌거나 그랜트가 진심으로
가자고 청한 것인지 확신할 수 없다. 그랜트는 그렇게 진심인지
아닌지 알 수 없는 말투로 제안할 때가 많다. 존 버치 학회 모임에
가서 야유를 하자는 둥, 미국에서 가장 안 유명한 시인과 와츠 타
워에서 대마초를 피우자는 둥, 흑인 회교도 운동의 윗사람을 만나
자는 둥. 조지는 그랜트가 자신을 떠보려 하는 것이라고 의심하지
는 않는다. 그랜트는 이따금 실제로 그런 일을 하기도 하며, 조지
가 겁먹을 것이라는 생각은 떠올리지 않을 것이다. 그랜트는 그저
이렇게 생각할 것이다. 조지는 지루한 것을 싫어해서 가지 않는
것뿐이야.

두 사람은 커피와 쌜러드만 집고 카운터에서 나온다. 조지는 체
중 조절을 하고 있고 그랜트는 체격만큼 식욕도 적다. 그랜트는
자기 지인 이야기를 한다. 지인이 컴퓨터를 제조하는 대기업에 다

니는 전문가들과 이야기를 나눴다고. 이 전문가들의 말에 따르면, 전쟁이 일어나도 나라가 돌아갈 만큼의 사람들은 살아남을 테니 상관없단다. 물론 살아남는 사람은 돈과 영향력을 갖춘 사람일 경우가 많고, 이는 수많은 사기꾼들이 헐값에 팔아온 구멍 난 죽음의 덫 같은 방공호가 아닌, 더 좋은 것을 갖추기 때문이라고. 전문가들이 말하기를, 방공호를 갖추려면, 최소한 세곳의 건설업체를 찾아가서 방공호의 정체가 드러나지 않게 해야 한다. 좋은 방공호가 있다는 소문이 돌면, 비상사태가 벌어지자마자 빼앗길 위험이 있기 때문이다. 같은 이유로 현실을 직시하고 자동소총을 사야 한다. 동정을 품을 때가 아니니까.

조지는 적절히 야유하는 웃음을 웃는다. 그랜트가 기대한 웃음 그대로다. 그러나 조지는 그런 어두운 유머에 가슴이 아프다. 1920년대와 1930년대의 위기 상황에서, 각각의 전쟁은 조지에게 질병과 같은 상처를 남겼다. 가장 끔찍한 것은 절멸에 대한 두려움이었다. 이제 우리에게는 훨씬 더 끔찍한 두려움이 생겼다. 살아남을지 모른다는 두려움. 살아남아서 파편만 남은 세상에서 살아야 한다는 두려움. 그 세상에서는 스트렁크 씨가 그랜트와 그의 아내와 세 아이들에게 총을 겨누어도 자연스럽겠지. 그랜트는 음식을 충분히 비축하지 않아서 가족이 굶주리고, 그래서 위험해질 수도 있으므로. 그리고 동정을 품을 때가 전혀 아니므로.

다시 식당으로 들어가면서 그랜트가 말한다. "저기 씬시아가 있네요. 합석할까요?"

"꼭 그래야 할까?"

그랜트가 신경질적으로 웃으며 대답한다. "그럼요. 씬시아가 벌써 우리를 봤어요."

정말로 씬시아 리치가 손을 흔든다. 씬시아는 뉴욕 부잣집 딸로, 젊고 예쁘며, 쎄라 로런스 학교를 졸업했다. 이 대학에서 역사를 가르치는 리치 교수와 최근에 결혼했고, 그 때문에 조지와 그랜트는 조금 짜증났다. 그러나 씬시아의 결혼 생활은 꽤 잘 유지되는 것 같다. 남편 앤디는 마르고 피부가 하얗지만, 약골은 아니다. 검은 눈은 섹시하게 빛나고, 침대에서 훈련을 아주 많이 쌓은 듯 나긋나긋한 면이 있다. 동료 교수들과 잘 어울리지 않는 듯하지만, 씬시아에게 맞추기 위해 사교 생활에 더 기울여야 하는 노력을 즐기고 있음이 분명하다. 이 부부가 파티를 열면 누구나 참석한다. 씬시아의 재력 덕분에 화려한 음식을 내놓기 때문이며, 앤디는 어쨌거나 인기가 많고, 씬시아도 그리 나쁘지는 않기 때문이다. 씬시아에게 문제가 있다면, 스스로를 동부 귀족으로 여기며 이곳을 형편없는 곳이라 생각한다는 점이다. 귀족 행세를 하려고 애쓰지만 그저 잘난 체하는 것일 뿐이다.

씬시아가 말한다. "앤디한테 바람맞았어요." 그리고 조지와 그랜트가 자리에 앉자 그랜트를 보며 말한다. "솔직히 말씀하세요. 부인이 저한테 화가 많이 났죠?"

그랜트가 평소와 달리 꽤 과격하게 웃는다. "왜요?"

"부인이 무슨 말 안 하던가요?"

"아무 말도요!"

"정말요?" 씬시아는 실망한다. 그러다가 표정이 밝아진다. "아, 그래도 저한테 **분명히** 화났을걸요. 여기 아이들이 정말 옷을 이상하게 입는다고 말했거든요."

"그렇지만 집사람도 그 말에 틀림없이 동감할 겁니다. 그 사람도 늘 그렇게 말하는걸요."

씬시아는 그 말을 무시하며 말한다. "아이들에게 그렇게 옷을 입히면, 어린 시절을 빼앗는 거예요. 아이들이 **어린 소비자**가 됐잖아요! 어린애들이 립스틱을 바르다니, 그런 끔찍한 취향이 어디 있어요! 지난달에 멕시코에 내려갔는데, 신선한 공기를 들이마시는 것 같았어요. 정말이지 이루 말할 수 없어요! 그곳 애들은 정말 현실적이었어요. 불안도 없고, 타율적이지도 않아요. 그냥 생기가 돌아요 —"

"의문이 하나 있는데 —" 그랜트가 말을 시작한다. 씬시아의 말에 반박하려는 것이 분명하다. 이 때문에 그랜트는 우물거리고, 목소리가 거의 들리지 않는다. 씬시아는 그랜트의 말을 듣지 않기로 한다.

"그러다가 국경을 다시 건너온 그날 밤에 어땠는지 아세요? 절대 못 잊어요! 이 사람들이 미쳤거나 내가 미쳤거나 둘 중 하나라고 혼잣말을 했어요. 사람들이 전부 옛날 무성 뉴스 영화에서처럼 마구 **뛰어다니는** 것 같았어요. 게다가 레스토랑 **여주인**은 또 어땠게요. 그런 사람이 주인이라니 어찌나 불길하던지 주인이라고 생각도 못 했어요. 그 **미소**라니! 차림표에 나온 음식 가짓수는 엄청난데, 제대로 먹을 수 있는 건 하나도 없었어요. 이상한 좀비 같은 종업원은 **물**만 가져오고 말을 아예 안 해요! 제 눈으로 보고도 못 믿겠더군요…… 아, 그리고 새로 지은 미국 호텔이 어떤지 아시죠? 그 끔찍한 호텔에서 하루 묵었어요. 어디, 공장 같은 데에서 그냥 가져와서 우리가 도착하기 딱 일분 전에 거기 설치한 것 같았어요. **어디에도** 속하지 않았어요. 제 말은, 멕시코에서 멋지고 유서 깊은 호텔들을 본 뒤에, 거기는 하나같이 정말 **대단**했는데, 여기는 그냥 완전히 비현실적이고──"

다시 그랜트가 무슨 반대의 말을 하려 하지만, 이번에는 더 나직이 우물거린다. 조지조차 그랜트의 말을 알아들을 수 없다. 조지는 커피를 크게 한모금 마신다. 거의 빈속에 커피가 들어가자 속이 쓰리다. 갑자기 기분이 붕 뜬다. 조지는 자기도 모르게 목소리를 높인다. "저런, 씬시아! 그런 당찮은 말을 어떻게 입에 올릴 수 있어요?"

그랜트는 깜짝 놀라서 낄낄 웃는다. 씬시아도 놀라지만 약간 즐거워 보인다. 씬시아는 도전받기 좋아하는 강자 같은 사람이다. 도전은 근질거리는 그녀의 공격성을 가라앉힌다.

"정말이에요! 혹시 제정신이 아닌 것 아닙니까?" 조지는 활주로를 내달리다가 부드럽게 신나게 하늘을 날아가는 기분을 느낀다. "맙소사, 뉴욕에 처음 발을 디딘 끔찍한 프랑스 지식인처럼 말하는군요! 딱 그런 식이에요! **비현실적이야!** 미국 모텔은 비현실적이야! 세상에, 군이 '비현실적'이라는 상투적인 용어를 쓰겠다면, 미국에서는 일부러 비현실적으로 모텔을 짓잖아요. 그건 우리 모두 알죠. 이유는 간단하죠. 미국 모텔 방은 그냥 호텔에 있는 방이 아니니까요. '방'. 마침표. 끝. 딱 하나예요. **방.** 우리 생활양식의 상징이죠. 삼차원으로 된 광고라고 말할 수도 있죠. 그럼, 우리 생활양식이 뭔가요? 특정 수치, 특정 용도, 적절한 특정 재료의 사용을 규정한 건축 법규죠. 그 이상도 그 이하도 아니에요. 그외에는 모두 직접 조달해야 합니다. 그런 말을 유럽 사람들한테 해보세요! 그 사람들은 무서워 죽겠다고 해요…… 사실, 우리 생활양식은 유럽 사람들한테 너무 금욕적이죠. 우리 미국인들은 물질계의 사물들을 그저 상징적인 편의로 축소해왔어요. 왜? 그게 필수적인 첫걸음이니까요. 물질계가 규정되고 제자리로 격하된 뒤에야 비로소 정신이 진정으로 자유로울 수 있어요. 누구나 그게 확실하다고 생각하죠. 아무리 멍청한 미국인이라도 그걸 직관으로 이해하는 것 같아요. 그런데 유럽인들은 우리 미국인을 비인간적이라고 하죠. 아니, 더 무례하게 들리는 미숙하다는 말을 선호하죠. 우리는 유럽인들의 세계를 버렸으니까요. 개인의 차이와 낭만적 비효율성, 물건을 위한 물건의 세계를. 대성당, 초판본, 빠리 모텔, 빈티지 와인 등을 추앙하는 그 모든 죽은 옛 문화. 당연히, 유럽은 절대 포기하지 않고, 그 혐오스러운 추앙 프로파간다로 매 순간 우리를 계속 전복하려 하죠. 유럽이 성공하면 우리는 분명히 끝장나죠. 반미활동감시단은 **그런** 전복 기도를 조사**해야죠**…… 우리는 명상을 위해서 동굴로 들어간 은자처럼 광고 속으로 물러나서 살고 있죠. 그래서 유럽인들은 우리를 미워하는 겁니다. 우리는 상징적인 침실에서 잠을 자고, 상징적인 음식을 먹고, 상징적으로 여가를 즐깁니다. 그걸 유럽인들은 절대 이해 못 해요. 그러니까 두려워하고 분노와 증오로 가득 차죠. 유럽인들은 계속 소리쳐요. '미국인들은 좀비야!' 그 사람들은 스스로 그렇게 믿을 수밖에 없어요. 그렇게 믿지 않으면, 허물어져서, 미국인이 실제로 훨씬 훨씬 더 발전된 문화, 유럽, 아니, 지구 어디보다 오백년, 어쩌면 천년은 앞선 문화를 갖췄기 때문에 이렇게 살 수 있다고 인정하는 길밖에 없으니까요. 미국인은 기본적으로 영혼의 존재죠. 우리 삶은 모두 정신세계에 있어요. 그래서 우리는 **미국의 모텔 방** 같은 상징에 완전히 편안함을 느끼죠. 반면 유럽인은 상징을 두려워해요. 왜냐하면 아주 천하고 하찮은 물질주의자여서 —"

이렇게 마구 날아다니는 말을 끝마치기 전, 조지의 눈에 마치 아주 높은 곳에서 내려다본 광경처럼, 식당으로 들어오는 앤디 리치의 모습이 보인다. 정말이지 다행스러운 등장이다. 조지는 이미 엔진에 연료가 떨어진 기분을 느꼈고, 추진력을 잃어가고 있음을 느꼈기 때문이다. 그래서 이제 베테랑 파일럿의 기교로, 완벽한 착륙을 하려고 급강하한다. 앤디가 그 테이블에 다 왔기 때문에 그저 예의를 지키기 위해서 말을 끊은 듯이 보일 수 있었고, 조지는 솜씨 좋게 말을 마친다.

앤디가 씩 웃으며 묻는다. "나 없이 무슨 재미있는 말씀을 나누셨어요?"

써커스 무대에는 내려올 무대막이 없고, 연기자는 무대막에 모습을 숨겨서 자기 공연의 마력을 고스란히 보존할 수 없다. 눈부시게 빛나는 둥근 지붕 아래, 공중그네를 타고 높이 솟아 아슬아슬하게 균형을 잡고 있는 곡예사는 진짜 별처럼 반짝반짝 활기가 넘친다. 그러나 이제, 땅에 내려와, 반짝이지도 않고, 스포트라이트도 따라오지 않으며, 보려 하는 사람이 있으면 누구에게나 훤히 보이게 — 그러나 사람들은 어릿광대들만 보고 있다 — 곡예사는 객석으로 쓰이는 타이어들을 서둘러 지나가 출구로 향한다. 더이상 곡예사에게 박수를 보내는 사람은 아무도 없다. 눈길 한번 주는 사람도 거의 없다.

조지는 이렇게 눈에 띄지 않는다는 느낌과 함께 몸에 엄습하는 피로를 느끼지만 불유쾌하지는 않다. 활력이 빠르게 빠져나가지만, 조지는 만족하며 함께 서서히 약해진다. 이것이 휴식을 취하는 방식이다. 갑자기 조지는 몹시, 몹시 늙는다. 주차장으로 가는 조지의 걸음걸이는 아까와 다르다. 탄력이 줄고, 팔과 어깨의 움직임도 딱딱하다. 걸음도 느리다. 가끔 실제로 발을 질질 끌기도 한다. 고개는 처진다. 입술은 느슨해지고, 뺨의 근육도 늘어진다. 멍하게 꿈꾸는 심심한 얼굴. 혼자서 기묘한 콧노래를 부른다. 벌

집을 맴도는 벌 소리 같은 콧노래. 걸으면서 가끔 꽤 소리가 큰 방귀를 길게 뀐다.

병원은 한적한 언덕길에 높이 솟아 있다. 비탈진 잔디밭과 꽃밭에 우뚝 선 건물이 고속도로에서도 보인다. 지나가는 운전자들에게 **친구, 여기가 막다른 길이네**라고 알리는 높은 표지판이다. 그렇지만 기분 좋은 면이 있다. 사방은 탁 트여 있고, 바다와 팰로스버디스 만이 보이고, 맑은 겨울날이면 캐털리나 섬까지 보이는 방향으로 난 창문이 많다.

안내 데스크에 있는 간호사들도 친절하다. 질문을 많이 해서 괴롭히지 않는다. 병문안할 병실 번호를 알면, 안내 데스크에서 허락을 받을 필요 없이 곧장 병실로 올라가면 된다.

조지는 손수 엘리베이터 버튼을 누른다. 2층에서 엘리베이터가 멈춘다. 유색인 남성 간호사가 환자의 이동침대를 밀고 들어온다. 간호사는 조지에게 말한다. 환자는 수술을 받으러 가는 중이고, 수술실이 있는 1층으로 다시 내려가야 한다고. 조지가 엘리베이터에서 내리겠다고 정중하게 말하자, 젊은 간호사(근육질 팔이 아주 섹시하다)가 말한다. "그냥 타고 계셔도 됩니다." 그래서 조지는 낯선 사람의 장례식에 온 구경꾼처럼 멀뚱멀뚱 서서 환자를 슬쩍슬쩍 엿본다. 환자는 확실히 깨어 있지만, 그렇다고 말을 거는 것은 불경스러운 일이다. 환자는 이미 헌신적인 희생자, 준비 의례를 마친 희생자이기 때문이다. 환자도 그것을 알고 있고 거기에 동의하며, 그 동의 속에서 완전히 편안해진 듯하다. 환자의 은발 머리가 아주 예쁘다. 틀림없이 파마를 한 지 얼마 지나지 않았다.

조지는 속으로 생각한다. 이것이 문이야.

나도 이 문을 지나가야 할까?

아, 이 장소의 모습과 냄새와 느낌에 신경 하나하나가 움츠러드는 불쌍한 육신! 무턱대고 육신은 주춤하고, 엉버티고, 벗어나려 안간힘을 쓴다. 여기로 보내져야 하다니. 약에 마취되고, 바늘에 찔리고, 작은 칼에 베이고. 몸에 이 무슨, 상상도 못 할 잔인무도한 짓인가! 치료되어 나가더라도, 절대 잊을 수도, 용서할 수도 없다. 아무것도 전처럼 될 수 없을 것이다. 육신은 자신에 대한 믿음을 모두 잃은 뒤일 것이다.

짐은 코감기만 걸려도, 손가락만 베여도, 치질에도, 신음하고 불평하고 법석을 떨었다. 그래도 마지막에는, 유일하게 정말로 운이 중요한 순간에는, 운이 좋았다. 트럭이 짐의 자동차를 제대로 들이받았다. 짐은 전혀 느끼지도 않았다. 이곳 같은 장소로 보내지지도 않았다. 으깨진 짐의 잔해들은 병원에서 행하는 의례에 아무 쓸모도 없었다.

도리스의 병실은 꼭대기 층에 있다. 복도는 잠시 텅 비어 있다. 병실 문이 열려 있고, 침대를 가린 가리개가 보인다. 조지는 침상으로 가기 전, 가리개 위로 슬쩍 엿본다. 도리스가 머리를 창 쪽으로 돌린 채 누워 있다.

조지는 이제 도리스의 모습에 익숙해졌다. 더이상 끔찍해 보이지도 않는다. 조지는 변신에 대한 감각을 잃었기 때문이다. 이제 도리스는 변한 것으로 보이지 않는다. 전혀 다른 존재다. 꼬챙이 같은 팔다리, 메마른 피부, 움푹 꺼진 배의 누렇고 쪼글쪼글한 마네킹이 시트 아래 앙상한 윤곽을 드러내고 있다. 이것이 크고 거만했던 여자와 과연 연관이나 있나? 짐의 벌거벗은 몸 아래에서 부끄러운 줄 모르는 욕망으로 가쁜 숨을 쉬며 알몸을 쭉 뻗고 있던 그 육신과 과연 연관이나 있나? 징그럽게 빨아들이는 여자의 성기, 젊음의 생기와 윤기와 오만한 탄력이 넘치는, 교활하고 무자비하고 탐욕스러운 몸. 그 몸은 조지에게 옆으로 비키라고, 여성의 특권에 굴복하고 복종하라고, 자연의 섭리를 거스르는 조지는 부끄러운 줄 알고 고개를 숙이라고, 명령했다. 나는 도리스야. 나는 여자야. 자연의 섭리에 맞는 여자야. 교회와 법과 국가가 나를 지지하기 위해 존재해. 나는 내 생물학적 권리를 주장하는 거야. 나는 짐을 요구해.

조지는 때로 스스로에게 묻곤 한다. 그 시절, 내가 도리스에게 이런 일이 생기기를 한번이라도 빌었던 적이 있었을까?

대답은 **아니요**다. 조지가 악마 같을 수 없기 때문은 아니다. 당시의 도리스는 한없이 도리스 이상이었고, 짐을 자기 것으로 요구하는, 조지의 적인 여성 그 자체였기 때문이다. 여성이 이기는 한, 도리스를, 아니, 수만명의 도리스들을 없앤들 소용없다. 여성과 싸울 방법은 양보뿐, 그 멕시코 여행에 짐이 여자와 함께 가게 두는 것뿐. 짐에게 호기심과 우쭐한 허영심과 욕정을 (대부분은 허영심이었다) 모두 만족시키라고 설득하고, 도박을 거는 것뿐. 짐이 돌아와서 (돌아왔다) 말하리라는 도박. **여자는 역겨워. 다시는 안 해.**

짐, 네가 지금 이 여자를 보면 두배로 역겹지 않을까? 네가 애무하고 게걸스럽게 키스하고 입을 맞추고 발기한 네 몸을 넣었던 여자의 몸이 어쩌면 그때에도 이미 이런 부패의 씨를 품고 있었다고 생각하면, 공포가 스멀스멀 느껴지지 않을까? 짐, 너는 고양이들의 상처를 아주 부드럽게 씻어주기도 했고, 늙고 병든 개들의 악취에도 개의치 않았지. 그렇지만 그런 너도 사람의 질병이나 불구인 사람에게는 공포를 느꼈어. 나는 알아, 짐. 확신해. 너는 여기에 절대로 문병하러 오지 않을 거야. 문병할 마음을 가질 수조차 없을 거야.

조지는 가리개를 돌아서 병실 안으로 들어가며 딱 필요한 만큼만 소리를 낸다. 도리스가 고개를 돌리고 조지를 본다. 놀라는 기색도 없다. 어쩌면 도리스에게 현실과 환영 사이의 경계가 점점 아주 흐릿해지나보다. 사람 윤곽들이 계속 지나간다. 그 윤곽들 중 하나가 주삿바늘로 찌르면, 실제 간호사라고 확신할 수 있을 것이다. 조지는 조지일지 모르지만, 다시 생각하면, 아닐지도 모른다. 도리스는 편의상 이 사람을 조지로 대할 것이다. 그러지 않을 이유도 없지 않나? 이러든 저러든 상관도 없지 않나?

"안녕." 인사하는 도리스의 눈은 아픈 누런 얼굴에서 터무니없이 형형한 푸른색이다.

"안녕, 도리스."

조지는 이미 한참 전부터 꽃이나 선물을 가져오지 않았다. 이제 밖에서 이 병실로 가져올 수 있는, 조금이라도 의미 있는 것은 전혀 없다. 조지 자신조차 무의미하다. 도리스에게 중요한 것은 모두, 지금 바로 여기, 죽어가는 일에 열중하고 있는 이 병실에 있다. 그래도 그 집착이 독선적이지는 않은 것 같다. 조지 혹은 참여하려는 사람 누구도 차단하지 않는다. 이 집착은 죽음에 대한 것이며, 우리 모두는, 언제라도, 어떤 나이라도, 건강하건 아프건, 거기 참여할 수 있다.

조지는 도리스 옆에 이제 앉아서 손을 잡는다. 두달 전만 해도 이런 행동은 혐오스러운 거짓이었을 것이다. (조지가 가장 수치스럽게 여기는 기억은, 도리스와 짐이 동침한 사실을 발견한 직후, 도리스의 뺨에 입을 맞춘 것이다. 적대심? 아니면 마조히즘? 아, 그 빌어먹을 단어들! 그 일이 있을 때 짐도 옆에 있었다. 조지가 도리스에게 입을 맞추려고 다가가자, 짐은 깜짝 놀라고 겁먹어서 눈이 휘둥그레졌다. 조지가 뱀처럼 도리스를 무는 줄 알았나 보다.) 그러나 이제 도리스의 손을 잡는 것은 거짓이 아니다. 연민에서 나온 행동도 아니다. 부분적이나마 접촉을 하려면 필요했다. 지난 면회들에서 깨달은 사실이다. 또 도리스의 손을 잡고 있으면 그 병이 덜 당혹스럽기도 하다. 그 몸짓은 **우리는 같은 길을 가고 있어, 나도 곧 뒤따를게**라는 뜻이기 때문이다. 손을 잡으면 '어때?'나

'몸은 좀 나아?'나 '기분은 어때?' 등의 기분 나쁜 병문안용 질문은 하지 않아도 된다.

도리스가 희미하게 웃는다. 조지가 반가워서 웃나?

아니다. 재미있어서 웃는 것이다. 그렇게 보인다. 도리스는 낮지만 아주 확실하게 말한다. "어제 내가 시끄럽게 비명을 질렀어요."

조지도 함께 미소를 지으며 이어질 농담을 기다린다.

"어제였나?" 같은 어조지만, 이번에는 혼잣말이다. 도리스의 시선은 이제 조지를 향하지 않는다. 황망하고 조금 겁먹은 눈빛. 이제 시간은 도리스에게 아주 이상한 거울 미로가 되었다. 미로는 재미있다가도 한순간에 무시무시하게 변할 수 있다.

그러나 이제 다시 도리스의 눈은 조지를 알아본다. 황망함은 사라졌다. "내가 비명을 질렀어요. 복도까지 확실히 들렸나봐요. 의사가 왔어요." 도리스가 미소를 짓는다. 농담이 틀림없겠지.

조지가 묻는다. "등이 아팠어요?" 목소리에 동정을 드러내려고 애쓴 나머지, 점잖지 않은 본래 억양을 애써 감추는 사람처럼 말투가 고지식해진다. 그러나 도리스는 조지의 질문을 무시한다. 도리스는 이미 다른 생각에 빠져서 얼굴을 살짝 찌푸리다가 불쑥 묻는다. "몇시죠?"

"3시가 다 됐어요."

긴 침묵. 조지는 무슨 말이라도 하지 않으면 견딜 수 없을 것 같은 기분을 느낀다.

"며칠 전에 부두에 갔어요. 나도 아주 오랜만에 간 거예요. 왜, 옛날 롤러스케이트장 있죠, 그게 철거됐더군요. 말도 안 되죠? 사람들은 뭐든 예전 그대로 남아 있는 꼴을 못 보나봐요. 필체를 보고 성격을 맞히는 여자가 있는 부스, 생각나요? 그것도 사라졌고—"

조지는 경악하며 말을 급히 멈춘다.

기억은 그렇게 허술한 속임수로도 정말 잘 살아갈 수 있는 것일까? 그런 것 같다. 조지가 기억에서 부두를 고른 것은 마술사의 카드 뭉치에서 아무 카드나 한장을 뽑는 것만큼 무심한 선택이었다. 그리고 보아라, 그 카드는 뽑도록 이미 정해진 것이다! 조지와 짐이 처음 도리스를 만난 것은 롤러스케이트를 탈 때였다. (도리스는 노먼이라는 청년과 함께 있었지만, 이내 차버렸다.) 나중에 세 사람은 함께 필체로 성격을 알아보러 갔다. 성격을 점치는 여자는 짐에게 잠재된 음악적 재능이 있다고 말했고, 도리스에게 다른 사람의 재능을 최대한 끌어내는 능력이 있다고 말했고—

도리스가 기억할까? 당연히 기억하겠지! 조지는 안절부절못하며 도리스를 흘깃 본다. 도리스는 누운 채 천장만 쳐다보고 있다. 얼굴을 더 심하게 찌푸리고 있다.

"몇시라고 했죠?"

"3시가 다 됐어요. 사분 전."

"복도 좀 내다보실래요? 누가 있는지 좀 봐주세요."

조지가 일어선다. 문으로 간다. 내다본다. 그러나 도리스는 조지가 문에 닿기도 전에 귀에 거슬리는 목소리로 성급하게 묻는다.

"있어요?"

"아무도 없어요."

"좆같은 간호사가 어디 간 거야?" 그 말이 너무 거슬리게, 너무 적나라한 발악으로, 도리스 안에서 나온다.

"나가서 간호사를 찾아올까요?"

"3시에 주사를 맞아야 하는 걸 간호사도 알아요. 의사가 간호사한테 말했거든요. 그런데 이 간호사는 신경도 안 쓰잖아요."

"내가 데려올게요."

"그년은 완전히 준비가 돼야 나타날 거예요."

"내가 찾을 수 있어요."

"아뇨! 그냥 여기 있어요."

"알았어요."

"다시 앉아요."

"그러죠." 조지는 앉는다. 조지는 도리스가 손잡아주기를 바라고 있다는 걸 안다. 조지가 손을 내민다. 도리스는 그 손을 놀라운 힘으로 꽉 잡는다.

"조지 —"

"네?"

"간호사가 올 때까지 옆에 있을 거죠?"

"물론이죠."

도리스가 손을 꽉 쥔다. 아무 애정도 뜻도 담겨 있지 않다. 도리스는 같은 인간의 손을 잡고 있는 게 아니다. 조지의 손은 그저 잡을 것일 뿐이다. 조지는 도리스에게 통증에 대해 감히 물어보지 못한다. 터무니없는 어떤 공포를 표출하기가 두렵다. 공포는 병실에 있는 두 사람 사이, 바로 여기에서, 촉각과 시각과 후각으로 느낄 수 있지만.

그러면서도 궁금하다. 지난번에 간호사가 조지에게 들려준 말에 따르면, 도리스는 신부를 만나고 있다. (도리스는 가톨릭 집안에서 자랐다.) 아니나 다를까, 침대 옆 탁자에는 크리스마스카드처럼 화려하고 예쁜, 작은 책이 있다. 『십자가의 길』…… 아, 그러나 길이 이 침대 폭만큼 좁아질 때, 알려진 것은 눈앞에 아무것도 없을 때, 감히 길잡이를 무시할 텐가? 도리스는 제 앞에 놓인 여정에 대해 이미 깨우친 바가 있을 것이다. 그러나 도리스가 깨우쳤다 해도, 조지가 용기를 내서 도리스에게 물어볼 수 있다고 가정해도, 도리스는 깨우친 것을 절대 조지에게 말할 수 없으리라. 그것은 도리스가 앞으로 도착할 곳의 언어가 아니면 표현될 수 없기 때문이다. 그리고 그 언어는 ─ 우리 중 번드르르하게 지껄이는 사람이 있지만 ─ 이 세상에서는 아무 의미도 없다. 우리 입에서는, 그저 많은 단어들일 뿐이다.

문가에 간호사가 나타나서 미소를 짓는다. 간호사의 쟁반에는 주사기와 주사약이 있다. "자, 어때요? 오늘은 내가 제시간에 왔죠?"

조지가 즉시 일어서며 말한다. "나는 갈게요."

간호사가 말한다. "어머, 그냥 계셔도 돼요. 잠깐 옆으로 비키시면 돼요. 금방 끝나요."

"어차피 가려던 참이었습니다." 조지는 그렇게 말하면서 죄책감을 느낀다. 누구라도 병실을 떠날 때면 항상 느끼는 죄책감이다. 딱히 도리스이기 때문에 죄책감을 느끼는 것은 아니다. 도리스는 조지에게서 관심을 싹 잃은 것 같다. 도리스의 시선은 간호사가 손에 든 주삿바늘에 고정되어 있다.

간호사가 말한다. "까다로운 환자예요. 점심도 안 먹으려 해요."

"자, 그럼, 잘 있어요, 도리스. 며칠 뒤에 다시 올게요."

"안녕, 조지." 도리스는 조지에게 눈길도 주지 않는다. 완전히 무관심한 말투다. 이제 조지는 도리스의 세계를 떠나므로, 도리스에게 조지는 더이상 존재하지 않는다. 조지는 도리스의 손을 쥐고 꽉 잡는다. 도리스는 반응을 보이지 않는다. 반짝이며 다가오는 주삿바늘만 바라본다.

'안녕'이라는 **의미였을까?** 그런지도 모르고, 곧 그렇게 되겠지. 조지는 병실을 나서면서 가리개 너머로 한번 더 도리스를 본다. 머릿속에 기억을 새기려고, '도리스를 본 마지막 순간'이라는 상황, 아니, 그 상황의 가능성을 주지하려고 애쓴다.

없다. 아무 의미도 없다. 조지에게는 아무 느낌도 없다.

조지는 도리스의 손을 꽉 쥔 순간, 깨달았다. 조지에게서 짐을 빼앗으려던 도리스의 마지막 흔적마저 이 쪼글쪼글한 마네킹에서 사라졌다고. 그와 함께 조지의 미움도 사라졌다고. 소중한 미움이 아주 작은 한방울이라도 남아 있다면, 도리스에게서 짐의 무엇을 발견할 수 있을 텐데. 짐이 도리스와 멕시코로 간 동안, 조지는 짐을 도리스만큼이나 미워했으니까. 그것이 조지와 도리스 사이의 끈이었다. 그리고 이제 그 끈이 끊어졌다. 짐의 한조각이 또 영원히 조지에게서 사라진다.

조지가 차를 몰고 대로를 내려가는 동안, 커다랗고 거추장스러운 크리스마스 장식 — 케이블들이 도로 위를 가로질러 철제 크리스마스트리들에 단단히 묶여 있고 거기 매달린 사슴들과 썰매 방울들 — 이 차가운 바람에 이리저리 흔들린다. 그러나 그저 지역 상인들이 비용을 댄 크리스마스 광고일 뿐이다. 상점들과 거리는 쇼핑객들로 붐빈다. 어딘지 갈피를 못 잡는 얼굴, 크리스마스 무렵의 냉소적인 눈빛을 광낸 단추처럼 번쩍이는 눈. 흐루쇼프가 쿠바에서 무기를 철수하기로 합의하기 전인 한달 전만 해도, 사람들은 시장에 몰려가서 날콩과 쌀 등의 음식 재료를 싹쓸이했다. 물 없이는 요리할 수 없는 것이 대부분이니 방공호에서는 전혀 쓸모없는 것들이었다. 글쎄, 그 사람들에게 위기는 닥치지 않았다. 이번에는. 그 사람들이 크게 기뻐할까? 그러기에는 너무 무딘 사람들이다. 불쌍한 이들. 자신들에게 무슨 일이 비껴갔는지 절대로 몰랐다. 그렇게 공황에 빠져서 했던 사재기 때문에 이제 선물 살 돈이 줄었을 게 틀림없다. 그래도 돈은 충분하다. 꽤 즐거운 크리스마스가 될 것이라고 상인들은 예측한다. 누구나 아주 작은 것은 살 수 있다. 어쩌면, 젊은 남창들 (조지처럼 숙련된 사람은 금방 알아볼 수 있다) 중 몇몇은 예외인지 모른다. 그들은 찌푸린 얼굴로 길모퉁이에 서 있거나 주변 시야를 최대한 확보한 채 상점들 안을 뚫어지게 보고 있다.

조지는, 바로 지금, 인간들을 전혀 조금도 업신여기지 않는다. 인간들은 무례하고 돈만 바라고 아둔하고 저급한지도 모른다. 그러나 조지는 자랑스럽다. 기쁘다. 점잖지 못할 만큼 신난다. 저들의 대열에 공개적으로 지지를 밝힐 수 있기 때문이다. 저 경이로운 소수집단, 살아 있는 사람들의 대열. 저들은, 보도에 있는 이 사람들은, 자신들의 행운을 모르고 있다. 그러나 조지는 적어도 잠시나마 알고 있다. 조지가 싸늘한 죽음이 있는 곳에서 방금 돌아왔기 때문이다. 도리스가 곧 맞이할 죽음.

나는 살아 있어. 조지는 혼잣말을 한다. **살아 있어!** 생명력이 뜨겁게 용솟음친다. 즐거움과 식욕도. 비록 이 시체 같은 늙은 고물 몸이라도, 아직 피가 뜨겁고 정액이 생생하고 골수가 충분하고 살이 온전한 육신에 들어 있는 것이 얼마나 좋은가! 모퉁이에서 얼굴을 찌푸리고 있는 젊은이들은 틀림없이 조지를 늙어서 몸을 떠는 노인으로 본다. 기껏해야 뜯어먹을 먹이로 본다. 그래도 조지는 그 젊은 팔과 어깨와 살의 힘과 먼 친족 관계라고 여전히 주장한다. 돈 몇푼이면, 한명을 차에 태우고 집으로 가서, 가죽점퍼와 딱 붙는 리바이스 바지, 셔츠, 카우보이 부츠를 벗기고, 벌거벗은 부루퉁한 표정의 젊은 운동선수와 쾌락의 레슬링을 벌일 수 있다. 그러나 조지는 돈 때문에 내키지 않게 몸을 내놓는 젊은 육체를 사고 싶지 않다. 조지는 자기 몸에 기뻐하고 싶다. 살아남은 자의 힘들게 승리를 거둔 늙은 몸. 짐보다 오래 산 몸, 도리스보다 오래 살 몸.

조지는 체육관에 들르기로 마음먹는다. 오늘은 체육관에 가는 요일도 아니지만.

조지는 로커 앞에서 옷을 벗는다. 두툼한 양말, 국부 보호대, 반바지로 갈아입는다. 티셔츠를 입어야 할까? 긴 거울 앞에서 자신의 모습을 비춰본다. 그리 나쁘지 않다. 반바지 벨트 위로 불룩 나온 살이 오늘은 그리 눈에 띄지 않는다. 다리는 꽤 괜찮다. 가슴 근육도 제대로 몸을 풀면 축 처지지 않는다. 안경만 안 끼면, 팔꿈치 안쪽과 무릎뼈 위, 힘을 줘서 쑥 들어간 배 주위의 주름도 보이지 않는다. 그렇지만 앙상한 목은 어떤 상황, 어떤 조명에서도 늘어져 있다. 조지가 반쯤 앞을 못 보게 돼도 목은 끔찍해 보일 것이다. 조지는 목이 방어 불가능한 군사 진지인 양 완전히 포기했다.

그래도 조지는 체육관에 있는 동년배들보다 훨씬 나아 보인다. (그러나 조지 자신은 모르고 있다!) 그 사람들의 몸매가 형편없기 때문은 아니다. 그 사람들은 표본이 될 만큼 건강하다. 그들의 문제는 중년의 나이를 체념하며 받아들이는 것, 할아버지로 살기와 임박한 은퇴와 골프를 비겁하게 감수하는 것이다. 조지는 그 사람들과 다르다. 왜냐하면 조지는, 정확히 정의될 수 없지만 벌거벗은 조지를 보면 금방 확연해지는 어떤 의미에서, **포기하지 않았기** 때문이다. 조지는 아직 경쟁을 하고 있지만, 동년배들은 아니다. 조지에게 시든 청년의 분위기를 주는 허영심보다 신비로운 것은 없지 않을까? 그렇다. 주름, 늘어진 살, 하얗게 세는 머리카락, 엄숙한 입매로 으스대며 걷는 걸음걸이 등에도 불구하고, 유령 같은 다른 사람의 모습, 부드러운 얼굴의 예쁜 소년의 모습이 가끔 어렴풋이 보인다. 그 조합은 기이하며, 중년이 되기 훨씬 전부터 존재했지만, 지금도 거기 존재한다.

조지는 싫으면서도 장난스럽게 거울을 엄숙히 바라보며, 혼잣말을 한다. 이 늙다리야! 누구를 유혹하려고? 그런 뒤 티셔츠를 입는다.

체육관에 있는 사람은 셋뿐이다. 직장인에게는 아직 이른 시각이다. 크고 육중한 남자 벅은 미식축구 선수가 쉰살이 된 모습 자체로, 방송계 진출을 열망하는 곱슬머리 청년 릭과 이야기를 나누고 있다. 벅은 거의 알몸이나 다름없다. 튀어나온 배가 추악하게 비키니 같은 옷 위로 불거져서, 옷 허릿단을 음모가 난 곳까지 밀어내고 있다. 벅은 부끄러운 줄 모르는 것 같다. 반면 잘 다듬은 근육질 몸매의 릭은 회색 울 긴팔 티셔츠와 바지를 입고 목부터 손목, 발목까지 모두 옷으로 가리고 있다. 두 사람은 조지에게 가볍게 고개를 끄덕이며 인사한다. "안녕하세요, 조지." 조지는 오늘 종일 받았던 인사 가운데 가장 진심으로 다정한 것이라고 느낀다.

벅은 스포츠 역사에 능통하다. 타율, 핸디캡, 기록, 점수 등의 움직이는 백과사전이다. 지금 벅은 7회전에 누가 누구를 이겼다는 이야기를 한창 하고 있다. 벅이 케이오당하는 시늉을 한다. **"퍽! 퍽! 그러자 경기가 끝났어!"** 릭은 긴 의자에 비스듬히 앉아서 벅의 이야기를 듣고 있다. 이곳에는 늘 가벼운 분위기가 감돈다. 릭 같은 젊은이는 서너시간씩 운동을 하고 연예계와 스포츠카, 미식축구와 권투 이야기로 시간을 보낸다. 이상하게도 섹스 이야기는 거의 하지 않는다. 대개 늘 주변에 있는 어린아이들과 십대 초반 아이들의 윤리의식을 배려하는 것일 수도 있다. 릭은 어른들과 이야기할 때에는 젠체하거나 진지한 척 연기하지만, 아이들과 이야기할 때에는 동네 바보처럼 허물없다. 아이들에게 광대 연기도 보여주고, 마술도 하고, 짐짓 정색하고 이야기도 들려준다. 가령, 롱비치에 있는 어느 상점이 (릭은 정확한 주소도 말한다) 아주 가끔씩 사전에 알리지 않고 갑자기 세일을 하는데, 그런 날에는 재규어나 포르쉐나 MG를 거의 공짜나 다름없는 돈으로 살 수 있다는 (평소에 그 상점은 평범한 골동품상이다) 이야기다. 아이들이 릭에게 그렇게 얻은 자동차가 있는지 증명하라고 말하면, 릭은 밖으로 아이들을 데려가서 거리에 있는 적당한 차를 가리킨다. 아이들이 자동차를 살피다가 등록증을 보고 릭의 차가 아님을 발견하면, 릭은 그 이름이 정말로 자기 본명이며, 지금 이름은 배우를 하면서 바꾼 예명이라고 말한다. 아이들은 그 말을 어느정도 믿으면서도, 미친 거짓말쟁이라고 소리치며 릭을 주먹으로 툭툭 친다. 아이들이 그러고 있으면, 릭은 환하게 웃으며 체육관 안을 개처럼 사지로 긴다.

조지는 윗몸일으키기를 하려고 기울어진 판 위에 눕는다. 윗몸일으키기를 할 때에는 억지로 스스로를 몰아넣어야 한다. 윗몸일으키기는 몸이 가장 싫어하는 운동이기 때문이다. 조지가 운동할 기분을 내고 있을 때, 웹스터가 와서 조지 옆의 판에 눕는다. 웹스터는 열두살이나 열세살로 보인다. 호리호리하고 단아하며, 나이에 비해 키가 크다. 소년다운 다리는 길고 매끈하고 금빛이다. 예의 바르고 수줍음을 타는 성격이며, 마치 꿈꾸는 듯이 체육관을 돌아다닌다. 그래도 운동은 꾸준히 한다. 분명 자기 몸이 말랐다고 생각하고, 크고 덩치 좋고 어색하게 지나친 근육질 남자가 되겠다고 굳게 마음먹었을 것이다. 조지가 인사한다. "안녕, 웹스터." 웹스터는 수줍게 들릴 듯 말 듯 대답한다. "안녕하세요."

이제 웹스터는 윗몸일으키기를 시작한다. 조지는 갑자기 충동적으로 티셔츠를 벗고 웹스터를 따라서 윗몸일으키기를 한다. 함께 윗몸일으키기를 하는 동안, 조지는 둘 사이에 공감이 싹트고 있다고 느낀다. 두 사람은 서로 경쟁하고 있는 것이 아니다. 웹스터의 젊음과 힘은 조지를 사로잡고, 이렇게 전해진 에너지는 대단하다. 조지는 말을 듣지 않는 자기 근육에서 관심을 끊고, 웹스터의 몸이 수축과 이완을 반복하는 모습에 집중한다. 조지는 그 모습에 힘을 얻어서, 평소 마흔번 하던 윗몸일으키기를 쉰번, 예순번, 일흔번, 여든번까지 한다. 백번까지 시도할까? 그러다가 갑자기 조지는 웹스터가 윗몸일으키기를 그친 것을 알아챘다. 그 즉시 조지의 몸에서 힘이 빠진다. 조지도 멈추고, 숨을 헐떡인다. 그러나 웹스터보다 더 헐떡이지는 않는다. 조지와 웹스터는 나란히 누워서 숨을 헐떡이고 있다. 웹스터가 고개를 돌리고 조지를 본다. 조금 감동한 것이 분명하다.

"몇개나 하세요?"

"그때그때 달라."

"힘들어 죽겠어요!"

체육관에 있으면 어찌나 기쁜지! 이렇게 태평한 육체의 민주주의 상태로 평생을 살 수 있다면 얼마나 좋을까! 이곳에는 못되게 구는 사람이 아무도 없다. 화를 내는 사람도, 짜증을 부리는 사람도 없다. 거울 앞에서 더없이 터무니없는 자세를 취하는 일을 비롯해 허영은 당연한 일로 받아들여진다. 신과 같은 젊은 야구 선수는 자기 발목이 가늘어서 걱정이라고 모두에게 털어놓는다. 뚱뚱한 은행가는 얼굴에 크림을 바르며 간단히 말한다. "그냥 늙어갈 수는 없어." 완벽한 사람은 없고, 그런 척하는 사람도 없다. 꽤 유명한 배우 대여섯명도 가식을 보이지 않는다. 사우나에서는 가장 나이가 어린 아이들도 천진하게 벌거벗고 육칠십대들과 나란히 앉아 서로를 허물없이 대한다. 모두 동등하게 여겨질 뿐, 지나치게 흉물스럽거나 지나치게 잘생긴 사람은 없다. 다른 곳보다 체육관에서는 모두가 더 착해질까?

조지는 평소에도 체육관에서 나가기 싫어하지만, 오늘은 특히 더 싫다. 다른 때보다 두배 더 운동을 한다. 사우나에도 오래 머무른다. 그리고 머리를 감는다.

다시 거리로 나오자, 벌써 해가 뉘엿뉘엿하다. 또 충동적인 결정을 한다. 곧장 해변으로 가는 대신, 멀리 돌아 언덕으로 가겠다.

왜? 체육관에서 운동하면 거의 늘 생기는 단순하고 편안한 행복을 더 만끽하고 싶기 때문이다. 몸이 만족하며 고마워하는 것을 느끼노라면 아주 좋다. 몸은 크게 저항하지만, 이런 임무를 수행하도록 강요받기를 좋아한다. 이제 적어도 잠시나마, 미주신경은 떨리지 않고, 날문은 잠잠하며, 손가락과 무릎의 관절통도 나타나지 않을 것이다. 이제 흥분제도 필요 없고, 누구를 미워할 이유도 전혀 없으니, 이 얼마나 편안한가! 조지는 운전을 하면서 이 기분을 최대한 오래 유지하고 싶다.

게다가 다시 언덕을 보고 싶기도 했다. 오랫동안 거기 올라가지 않았다. 오래전, 짐도 만나기 전, 처음 캘리포니아에 왔을 때 언덕에 자주 가곤 했다. 도시 바로 옆에 솟아 있지만 거의 사람이 살지 않는, 이 일대의 자연에 조지는 매료되었다. 이방인이, 무단침입자가 되는 스릴을, 낯선 원시의 자연 한가운데를 모험하는 스릴을 느꼈다. 해가 질 때나 이른 새벽에 차를 언덕으로 몰아서 세운 뒤, 산불 저지선의 길을 돌아다니며, 떡갈나무 수풀 계곡 깊은 곳에서 움직이는 사슴을 얼핏 보기도 하고, 머리 위에서 맴도는 독수리를 멈춰 서서 지켜보기도 하고, 길을 가로막은 털 많은 타란툴라들 사이로 조심스레 걸음을 내디디기도 하고, 모래 위에 구불구불 이어진 자국을 쫓아서 똬리를 틀고 졸고 있는 뱀을 찾기도 했다. 때로, 새벽 여명에, 꼬리를 내린 채 줄지어 다가오는 코요테 무리와 마주치기도 했다. 처음 그런 일에 마주했을 때 조지는 코요테가 개인 줄 알았다. 그러다가 갑자기, 짖는 소리 하나 없이, 코요테는 대형을 흩뜨리고 기묘하게 크게 뛰어오르며 언덕 아래로 껑충껑충 내려갔다.

그러나 오늘 오후, 조지는 예전에 느낀 흥분과 경이를 전혀 느낄 수 없다. 애초부터 뭔가 잘못됐다. 낭만적으로 보였던 가파르고 구불구불한 길은 이제 불편하고 위험할 뿐이었다. 눈에 띄지 않는 구석에 세워진 차들과 계속 마주쳐서 길을 확 틀지 않을 수 없다. 꼭대기에 다다를 즈음, 조지는 편안한 기분을 다 잃는다. 이 위까지 새집들을 짓고 있다. 교외 주택가가 되고 있다. 사람이 살지 않는 계곡도 남아 있지만, 조지는 크게 기뻐할 수 없다. 아래의 도시를 의식하며 압박을 느낄 뿐이다. 언덕 양옆에, 북쪽으로 또 남쪽으로, 도시는 알을 낳고 평원 전체로 자신을 퍼뜨려왔다. 넓은 목초지와 목장, 마지막 남은 오렌지 과수원까지 먹어치웠다. 주위의 호수들을 빨아들였고, 높은 산맥의 숲도 무너뜨렸다. 곧, 바닷물도 전환해서 마실 것이다. 그래도 죽을 것이다. 파괴할 미사일도, 냉동시킬 빙하기도, 부서뜨려서 태평양에 버릴 대지진도 필요 없다. 지나친 확장으로 죽을 것이다. 유일한 힘인 천박함과 탐욕이라는 뿌리가 바싹 말라붙어서 죽을 것이다. 그리고 이 땅의 자연 상태인 사막이 돌아올 것이다.

오호통재라! 조지는 이것을 어찌나 슬프게, 어찌나 확실히 알고 있는지! 차를 멈추고, 도로의 누런 거친 흙 경계, 맨저니타* 덤불 옆에 선다. 멸망을 예언하는 슬픈 유대인 선지자처럼 로스앤젤레스를 내려다보며, 오줌을 눈다. **무너졌도다 무너졌도다 대단한 성 바빌론이여.** 그러나 이 도시는 대단하지 않고, 대단한 적도 없다. 무너질 것도 없다.

이제 조지는 바지 지퍼를 올리고 차에 탄다. 완전히 우울해져서 운전한다. 언덕 위로 구름이 낮게 모여들어, 웨일스 같은 쓸쓸한 북쪽 지방으로 보인다. 해는 이울고, 전등들이 가짜 보석 색들로 평지 곳곳에 탁탁 켜지고, 그사이에 길은 다시 구불구불 썬셋 대로로 이어지고 조지는 바다에 가까워진다.

슈퍼마켓은 아직 열려 있다. 자정까지 영업한다. 슈퍼마켓 안은 몹시 밝다. 그 밝음은 외로움과 어둠에서 벗어날 수 있는 안식처가 된다. 누구나 이곳에서 인생의 많은 시간을 보낼 수 있다. 불안

• 미국 서부에 서식하는 철쭉과의 관목 식물.

을 유예한 상태로, 집중할 것은 먹을 것의 다양성. 세상에, 정말 많아! 반들반들한 상자의 수많은 상표들. 모두가 맛을 약속한다. 선반에 있는 제품 하나하나가 소리친다. 저를 데려가세요, 저를 데려가세요. 물건들이 이렇게 눈길을 끌려고 경쟁하는 것만으로도 사람은 자신이 값있는 사람이라고, 심지어 사랑받고 있다고 상상하게 된다. 그러나 조심하라. 텅 빈 집으로 돌아오면, 거짓으로 아첨하는 광고라는 요정은 어느새 도망가고 없음을 깨닫게 된다. 남은 것은 마분지와 셀로판지와 음식뿐. 배가 고파질 마음조차 없을 것이다.

이 밝은 장소는 정말이지 안식처가 아니다. 병과 팩과 깡통 들 사이에, 짐과 함께 장을 보고 요리하고 먹은 음식에 대한 지독하게도 생생한 기억이 매복하고 있기 때문이다. 조지가 쇼핑카트를 몰고 지나갈 때, 그 기억들은 조지를 칼로 찌른다. 절대로 혼자서 밥을 먹지 않는다면, 진정으로 외로움을 느낄 일이 있을까?

하지만 오늘은 혼자 먹지 않겠어 하고 말하는 것은 극도로 위험하지 않을까? 긴 미끄러짐의 시작이 아닐까? 처음에는 카운터에서 먹고 바에서 술을 마시다가, 나중에는 집에서 끼니도 거르고 술을 마시게 되고, 이어서 절망과 수면제에 빠지고, 필연적으로 수면제를 과다복용하고 마지막을 고하게 되지 않을까? 그렇지만 굳이 내가 용감해져야 하나? 조지는 묻는다. 지금 나한테 의지하는 사람이 있기나 하나? 누가 신경이나 쓸까?

감상적으로 변하고 있군. 조지는 그렇게 말하며, 넙치와 농어,

잘게 썬 안심, 스테이크 고기 사이에서 자신의 의지를 움직여 고르게 하려고 애쓴다. 그 모든 음식이 다 못마땅해서 구역질이 난다. 그러다가 갑자기 분노도 느낀다. 빌어먹을 음식. 빌어먹을 인생. 식료품이 벌써 가득 담긴 쇼핑카트를 그냥 두고 나가고 싶다. 그러나 그러면 점원들이 힘들 테고, 점원들 중에는 귀여운 청년도 있다. 쇼핑카트에 실린 물건들을 모두 직접 제자리에 두는 대안도 있지만, 헤라클레스의 과업 같아 보인다. 슬픔이라는 압도적인 무기력에 짓눌려 있기 때문이다. 그 무기력 때문에 결국 침대로 가서 계속 누워 있다가 병이 생긴다.

조지는 쇼핑카트를 밀고 계산대로 간다. 돈을 낸다. 주차장으로 가다가 걸음을 멈춘다. 전화박스에 들어간다. 다이얼을 돌린다.

"여보세요."

"안녕, 샬럿."

"조지!"

"있지, 마음을 바꾸기에는 너무 늦었나? 오늘밤 초대 말이야. 있지, 아침에 전화를 받았을 때는 약속이 있다고 생각했거든. 그런데 방금 연락이 와서ㅡ"

"당연히 아직 안 늦었지!" 샬럿은 조지의 거짓 변명을 듣지도 않는다. 샬럿의 기쁜 기색은 구불구불한 전화선을 타고, 말보다도 더 빨리, 즉각적으로 조지에게 전해진다. 그 즉시, 조지와 샬럿은 연결된다. 이 밤의 외로운 방랑자들 속에서 또 하나의 운 좋은 쌍이 된다. 슈퍼마켓 점원이 지켜보고 있다면, 전화박스 속에서 사랑에 빠진 사람처럼 기쁨으로 밝게 달아오르는 조지의 얼굴이 보일 것이다.

"필요한 거 없어? 지금 슈퍼마켓인데 ──"

"아냐, 없어. 고마워, 친절한 조지. 음식은 많아. 요즘은 늘 내가 음식을 너무 많이 만드는 것 같아. 왜 그럴까 생각도 했는데 ──"

"그럼 조금 뒤에 갈게. 일단 집에 들러야 해서. 이따 봐."

"어머, 조지! 정말 좋다! 오 르부아●!"

그러나 조지는 정말 너무나 삐딱하게도, 슈퍼마켓에서 산 물건들을 자동차에 채 다 싣기도 전에 마음이 다시 바뀐다. 스스로에게 묻는다. 내가 정말 샬럿을 만나고 싶나? 도대체 내가 왜 그런 짓을 했지? 조지는 집에서 편하게, 지금 산 재료로 저녁을 만들고, 책꽂이 옆에 있는 소파에 누워서 책을 읽다가 서서히 잠드는 밤을 상상한다. 얼핏 생각하기에, 집에서 만족스럽게 보내는 저녁으로는 더할 수 없이 그럴싸하고 멋진 장면 같다. 그러나 금세 조지는 그 장면을 무의미하게 만들 허점을 발견한다. 그 그림에서 빠진 것은 짐이다. 소파 맞은편에 반대로 누워서 책을 읽고 있는 짐. 각자 책에 몰두하고 있지만, 서로 상대의 존재를 정확히 알고 있는 두 사람.

● Au revoir. '다시 만나자'라는 뜻의 프랑스어 작별 인사.

집으로 돌아온 뒤 정장을 벗고, 군수품 상점에서 산 카키색 셔츠, 색 바랜 청바지, 모카신, 스웨터로 갈아입는다. (때때로 이런 옷차림에 스스로 의문을 품기도 했다. 젊게 옷을 입으려고 너무 애쓴 듯이 비치지 않을까? 그러나 짐은 그렇지 않다고 말하곤 했다. 아냐, 딱 잘 어울려. 사복 입은 로멜처럼 보여. 조지는 그 말을 무척 좋아했다.)

다시 집을 나설 찰나에 초인종이 울린다. 이런 시각에 누구지?

스트렁크 부인!

(스트렁크 부인이 불평하러 오게 만들 만한 일을 했던가?)

"어머, 안녕하세요 —"(스트렁크 부인은 눈에 띄게 긴장하고 조심한다. 전선의 다리를 건너서 적진에 왔음을 상당히 의식하고 있는 게 틀림없다.) "너무 촉박하게 말씀드려 미안해요. 벌써 여러 번 청하려 했는데, 얼마나 바쁘신지 잘 알지만, 같이 어울린 지 너무 오래돼서요, 그래서 여쭙는데, 오셔서 잠시 한잔하실래요?"

"지금요?"

"아, 네. 남편과 저뿐이에요."

"정말 미안합니다. 지금 나가려던 참이었어요."

"아, 그렇군요. 시간이 없으신 줄은 알지만, 그래도 —"

"그런 뜻이 아닙니다. 정말 **기꺼이** 초대에 응하고 싶어요. 정말입니다. 다음으로 미뤄도 괜찮겠습니까?" 조지의 말은 진심이다. 조지는 무척 반갑다. 감동스럽고 기쁘다.

"아, 그럼요, 좋죠." 그러나 스트렁크 부인은 조지의 말을 믿지 않는다. 슬픈 미소를 짓는다. 조지는 갑자기 부인을 설득하는 일이 무엇보다 중요하다고 느낀다.

"정말 댁에 가고 **싶어요**. 내일은 어떻습니까?"

부인의 표정이 어두워진다. "어머, 저기, 내일. 내일은 좀 힘들 것 같아요. 있죠, 내일 쌘퍼낸도 쪽에 사는 친구들이 오기로 해서요. 그리고—"

그리고 그 친구들은 내가 게이인 것을 알아챌지도 모르고, 그러면 부인은 부끄럽겠죠. 조지는 생각한다. 좋아요, 좋아요.

조지가 말한다. "그렇군요. 이해합니다. 어쨌든 빠른 시일 내에 같이 한잔해요. 좋죠?"

"어머, **그럼요**." 부인이 격하게 동의한다. "**아주** 빠른 시일 내에—"

샬럿은 쏠대드웨이에 산다. 오르막에 있는 좁은 거리로, 밤이 되면 도로 양쪽이 주차된 차로 꽉 차서 마주 오는 차 두대가 간신히 지나갈 정도다. 그곳 주민들이 퇴근해서 집에 온 뒤에는, 예닐곱 블록이나 떨어진 언덕 아래에 차를 세워야 한다. 그러나 주차는 조지에게 중요한 문제가 아니다. 조지의 집에서 샬럿의 집까지는 걸어서 오분도 걸리지 않기 때문이다.

샬럿의 집은 언덕에 높이 솟아 있다. 한쪽으로 치우친 투박한 나무 계단을 세층, 모두 합쳐 일흔다섯단이나 올라가야 한다. 도로와 같은 높이인 아래층에는 차고로 쓰도록 지어진 허름한 창고가 있다. 샬럿은 그곳에 불필요한 잡동사니가 가득한 가방들과 상자들을 천장까지 빼곡 쌓아놓고 있다. 짐은 샬럿이 차를 사지 않으려고 차고를 막아두는 것이라고 말하곤 했다. 어쨌든 샬럿은 운전을 아예 배우지도 않으려 했다. 어디에 가야 하는데 차로 데려갈 사람이 없으면, 안타깝지만, 갈 수 없다. 하지만 이웃이 거의 늘 샬럿을 돕는다. 샬럿은 영국인다운 면모로 이웃을 꼼짝없이 겁주고 사로잡았던 것이다. 이 영국인다운 면은 조지도 어떻게 쓰는지 잘 알고 있다. 물론 조지는 다른 방식으로 이용하지만.

샬럿의 옆집은 도로와 같은 높이에 있다. 샬럿 집 계단을 오르기 시작하면, 그 집 욕실 창 너머로 누추한 집 안 모습도 은밀히 다 볼 수 있다. (솔직히 말하자면, 쏠대즈는 녹나뭇길에 비해 사회적 지위가 한 단계 낮다.) 욕조 위에 매달린 속옷과 기저귀, 수도관에서 이어져 늘어진 샤워기, 바닥에 놓아둔 배관용 와이어. 지금은 동네 아이들이 하나도 보이지 않지만, 그 집들 위 언덕이 짓밟혀 지면이 벽돌같이 단단하고 미끄러워져 선인장 몇점 말고는 아무것도 살아남지 않게 된 것을 볼 수 있다. 비탈 꼭대기에는, 교수대 같은 이상한 기구에 농구대 그물이 붙어 있다.

샬럿의 집 가운데 언덕에 면한 좁은 부분은 그래도 정원이라고 부를 수 있다. 계단식이고, 장미 몇송이도 피어 있다. 그러나 안타깝게도 방치되어 있다. 샬럿이 우울할 때에는 불쌍한 식물들까지 고생을 겪어야 한다. 가시 많은 긴 가지들이 엉켜 있고, 잡초도 무성하다.

조지는 마음을 편안히 먹고 천천히 계단을 오른다. (어린아이가 아니라면, 친구 집에 숨을 헐떡이며 도착하면 부끄러울밖에.) 이렇게 집 밖으로 나 있는 계단이 이 동네의 특징이다. 예전에 칠해진 문구가 그대로 남아 있는 계단도 있다. 이곳에 살던 보헤미안 개척자들은 손님이 술에 취해 손과 무릎으로 기어서 계단을 올라갈 경우에 대비하여 경고 문구를 계단에 적었던 것이다. 위로 전진! 약해지면 안 돼. 친구, 몸이 형편없군. 이봐, **여기서** 죽으면 안 돼! 이곳이 **천국**일 리 없잖아!

이 계단은 초기 개척자들이 자신들을 대체한 현대 가정주부들에게 죽은 뒤에도 행하는 복수의 수단이 되었다. 이 계단 때문에 가사노동을 줄이는 갖가지 기기들을 집에 들이기 힘들기 때문이다. 거대한 기중기를 쓰지 않는 한, 손으로 직접 운반할 수밖에 없다. 아이스박스, 조리기, 욕조, 가구 모두, 사람들이 직접 밀고 당기며 샬럿의 집에 넣어야 했다. 그 일을 맡은 힘센 남자들은 거친 욕설을 내뱉었고, 나중에는 엄청난 추가 비용과 세배의 팁을 요구했다.

조지가 계단 끝에 다다를 즈음 샬럿이 집 밖으로 나온다. 샬럿은 늘 그랬듯 조지를 지켜보며, 마지막 순간에 조지가 마음을 바꾸지 않을까 겁먹고 있었다. 현관문 앞 불안하고 좁은 나무 베란다에서 조지와 샬럿이 만나서 포옹한다. 조지는 제 몸에 닿는 부드럽고 통통한 샬럿의 몸을 느낀다. 그러다가 샬럿은 갑자기 몸을 떼고 조지의 등을 탁 친다. 지나친 애정 표시는 하지 않겠다고 확실히 보여주는 몸짓이다. 샬럿은 적절한 선을 안다.

"어서 들어와."

샬럿을 따라서 안으로 들어가기 전, 조지는 작은 계곡을 흘깃 본다. 가로등이 줄지어 늘어선 경계 너머로 해변이 시작되고 바다가 어둠에 묻혀 있다. 바람이 없고 포근한 밤이다. 해무가 깔려서 아래에 있는 집들의 불빛이 흐리다. 안개가 아주 짙을 때에는 이 베란다에서 집들이 전혀 안 보이고 불빛도 그저 어렴풋이 보이기만 한다. 그러면 샬럿의 집은 온 세상에서 아주 멋지게 동떨어져 보인다.

샬럿의 집은 단순한 직사각형의 상자다. 전쟁 직후에 세워진 조립식 주택. 당시 신문은 조립식 주택에 열광하며 미래의 집으로 치켜세웠다. 그러나 조립식 주택은 널리 유행하지 않았다. 거실은 바닥에 다다미가 깔려 있고, 동양풍 선물 가게를 뛰어넘는 분위기다. 문에 건 찻집 등, 창에 매단 풍경, 벽에 붙인 물고기 모양의 커다란 빨간색 연. 그림 족자도 두개가 있다. 덤벼드는 독수리 (미국?)를 향해서 사납게 으르렁거리는 일본 호랑이 그림, 턱수염을 6미터까지 길게 기른 채 나무 아래에 앉아 있는 신선 그림. 낮은 소파 세개에는 화려한 실크 쿠션들이 흩어져 있다. 쿠션은 너무 작아서 어느 모로도 쓸모가 없고 사람에게 던지기에만 좋아 보인다.

샬럿이 소리친다. "이 집에서 요리하면 음식 냄새가 지독하다는 걸 이제야 깨달았지 뭐야!" 확실히 음식 냄새가 난다. 조지는 맛있는 냄새라고, 냄새에 배가 고프다고, 정중하게 말한다.

"사실은, 새로운 스튜를 시도해봤어. 머나 커스터한테서 요즈막에 괜찮은 여행기를 선물로 받았는데, 거기서 아이디어를 얻었어. 보르네오 여행기야. 작가는 좀 모호하게 적어놓아서 내가 조리법을 조금 지어냈지. 아, 작가는 확실하게 밝히지 않았지만, 내 생각으로는 인육으로 만든 것 **같아**. 나는 큰 고깃덩어리에서 남은 것을 써서 —"

샬럿은 조지보다 많이 어리다. 이제 마흔다섯살이 된다. 그래도 이미, 조지와 마찬가지로, 살아남았다. 살아남은 사람에게서 전형적으로 볼 수 있는 풍파에 시달린 완고함이 샬럿에게서도 보인다. 사진으로 보건대, 커다란 회색 눈이 젊고 부드러운 피부색과 어울리던 시절에는 샬럿도 꽤 예뻤다. 이제 샬럿의 뺨은 통통하고 붉다. 전에는 틀림없이 얼굴을 매력적으로 감쌌을 머리카락은 부스스하기만 하다. 그럼에도 불구하고 샬럿은 아직 포기하지 않았다. 옷차림에서 기괴한 용기가 드러난다. 적절하지는 않지만 사랑스러운 차림새. 빨강, 노랑, 보라의 원색이 두드러진 자수 페전트블라우스의 소매는 팔꿈치까지 걷어붙였다. 담요처럼 둘러서 묶은 것 같은 집시풍의 멕시코 치마와 은장식 카우보이 벨트. 벨트 때문에 잘록하지 않은 허리가 오히려 두드러지기만 한다. 아, 굳이 맨발에 쌘들을 신어야 했다면, 페디큐어는 왜 안 했을까. (영국 중부 중산층의 청교도 기질이 끈질기게 여기서도 작용하나보다.) 짐은 샬럿이 비슷한 옷차림을 했을 때 농담한 적이 있다. "샬럿, 그거 우리 고유 의상을 응용한 거지?" 샬럿은 전혀 기분 상하지 않고 웃었다. 그러나 농담의 요점은 알아듣지 못했다. 아직도 모르는 게 분명하다. 샬럿은 캘리포니아의 편안한 옷차림이라고 하면 이런 차림을 생각하며, 옆집에 사는 피보디 부인과 자기 옷차림의 차이를 전혀 모르고 있다.

"조지, 내가 전에 말했던가? 아냐, 틀림없이 말한 적 없어. 내가 벌써 새해 결심을 두가지나 세웠는데, 즉시 효력이 발생하고 있어. 첫째는 내가 버번을 싫어한다고 분명히 인정하는 거야." (샬럿은 '버번'이라는 말을 술 이름이 아닌 왕조 이름인 양 발음한다.) "미국에 온 뒤로 쭉 버번을 싫어하지 않는 척했어. 버디가 마셨기 때문이지. 그렇지만 현실을 똑바로 볼래. **이제는** 속여야 할 사람도 없잖아?" 샬럿은 조지를 보며 아주 밝고 의기양양하게 웃는다. 버디에 대한 한탄을 늘어놓을 전주곡은 **아니라고** 안심시키는 웃음이다. "또다른 결심은 이거야. 여자들이 칵테일을 너무 독하게 만든다는 비난을 들을 때마다 아니라고 잡아뗐는데, 이제는 그러지 않겠다는 거. 여자들이 그러는 건 남에게 즐거움을 줘야 한다는 여자들의 끔찍한 불안 때문인 것 같아. 어쨌든 새로운 결심에 따라 새 체제를 시작하자. 칵테일은 조지가 만들어. 내 것도. 나는 보드카 토닉으로 부탁해."

샬럿은 분명 벌써 최소한 두잔을 마셨다. 담배에 불을 붙일 때 손을 떤다. (늘 그렇듯 인도네시아 재떨이는 립스틱 자국이 묻은 꽁초로 가득 차 있다.) 샬럿이 조지를 주방으로 데려간다. 다리를 저는 듯 기묘하게 발을 끄는 샬럿의 걸음걸이는 관절염과, 관절염의 쌍인 거친 성격을 드러낸다.

"오늘 와줘서 정말 고마워."

조지는 그 말에 대꾸 대신 적절히 웃는다.

"선약을 깨고 왔지?"

"아냐! 전화로 말했잖아. 사람들이 직전에 취소했다고 —"

"어머, 조지, 솔직히 말해! 있지, 가끔 생각하는데, 자기는 정말 다정한 일을 할 때마다 나중에 부끄러워하잖아! 내가 오늘밤에 자기를 얼마나 간절히 바랐는지 잘 알지? 그래서 약속을 깬 거야. 목소리를 듣자마자 선의의 거짓말이라는 걸 알았어! 자기나 나나 속이는 데에는 소질이 없어. **나는** 벌써 오래전에 알았어. 이렇게 오래 알고 지냈는데, **자기도** 알아채지 않았어?"

"물론 알아챘지." 조지는 동의하고, 미소를 지으며 생각한다. 친한 친구는 반드시 서로를 가장 잘 이해한다니, 이 얼마나 어리석고 널리 인정되는 허튼소리인가. 이미 세상에는 이해가 너무 넘쳐나지 않나. 무엇보다 노래와 글에서 칭송하는 연인 사이의 이해라든가. 사실 그 이해란 고문 같은 것이어서, 잦은 이별이나 싸움 없이 그 이해를 견딜 수 있는 연인은 아무도 없잖아. 조지는 어질러져 있으며 그다지 청결하지 않은 주방에서 칵테일을 만들면서 생각한다. 불쌍한 샬럿. 눈치 없는 게 오히려 멋진 네가 아니었으면 나는 지난 몇년을 버틸 수 없었겠지. 짐과 내가 말다툼을 벌인 뒤 이 집에 왔을 때, 부루퉁해서 서로 눈을 마주치지 않으며 너를 통해서만 서로에게 말을 전하던 그때, 네가 아무것도 알아채지 못하고 순진한 힘을 발휘한 덕분에 어찌어찌하여 우리가 다시 화해하게 된 적이 얼마나 많은지, 너는 절대 모르겠지.

조지는 샬럿의 잔에 보드카를 따르고 (샬럿이 취하는 속도를 늦추려고 보드카는 조금만) 자기 잔에 스카치위스키를 따른다. (샬럿의 취기를 따라잡으려고 많이.) 이제 조지는 이 완전히 불가사의하고 무미건조한 것, 지복도, 황홀경도, 환희도 아닌 것, 즉, 그냥 소박한 행복을 느끼기 시작한다. 행복이라는 명사는, 다스 글뤼크das Glück, 르 보뇌르le bonheur, 라 펠리시다드la felicidad,[•] 각기 그 성性이 다르다. 그러나 마지못해서라도 그중 스페인어가 옳다고 인정하지 않을 수 없다. 대부분 행복은 여성적이다. 다시 말해, 여자가 만들어낸다. 샬럿은 놀랍도록 자주 행복을 만든다. 이것은 샬럿이 인식하고 하는 일은 아닌 것이 틀림없는데, 샬럿은 자신이 비참할 때조차 행복을 만들 수 있기 때문이다. 조지로 말하자면, 조지의 펠리시다드는 심하게 이기적이다. 조지는 샬럿이 버디 때문에 우울하거나 프레드 때문에 신경이 곤두서 있을 (오늘밤에 흥분한 것은 분명 이 때문이다) 때에도 아랑곳없이 펠리시다드를 즐

[•] 순서대로, '행복'을 뜻하는 독일어(중성명사), 프랑스어(남성명사), 스페인어 (여성명사) 단어.

길 수 있다. 그러나 펠리시다드 없이 샬럿의 우울을 마주치게 되는 운 나쁜 상황도 있다. 그러면 무덤처럼 지루하다. 그래도 오늘은 아니다. 오늘 조지는 기꺼이 즐기려 한다.

그사이에 샬럿은 오븐을 들여다본 뒤 오븐 문을 닫으며 발표하듯 말한다. "이십분만 더." 요리에 뛰어난 양 한껏 자신만만하지만, 맹세코, 샬럿은 요리와 거리가 멀다.

술잔을 들고 거실로 가는 동안 샬럿이 말한다. "어제 밤늦게 프레드가 전화했어." 샬럿이 신경이 곤두섰을 때 내는, 짐짓 감정을 감춘 낮은 목소리다.

조지는 놀란 티를 충분히 내려고 애쓰며 말한다. "그래? 요즘 어디서 지낸대?"

"팰로앨토." 샬럿은 '시베리아'라고 대답한 듯 의식적이고 연극적인 동작으로 물고기 연 아래에 있는 소파에 앉는다.

"팰로앨토라면, 프레드가 전에 갔던 곳 아니야?"

"맞아. 그 여자애가 사는 데야. 뻔해. 그 여자애랑 같이 있겠지…… '그 여자애'라고 부르지 **않아야 하는데.** 걔한테도 당연히 제대로 된 이름이 있고, 내가 그 이름을 모른다고 말하면 거짓말이지. 로레타 마커스야…… 어쨌든 프레드가 누구랑 같이 있든, 그 여자애가 프레드랑 뭘 하든, 나는 전혀 상관없어. 그 여자애 어머니는 신경도 안 쓰는 것 같아. 뭐, 그쪽으로는 생각도 하지 말고…… 어제 프레드랑 오래 통화했어. 이번에는 프레드가 정말 아주 다정했고 이 모든 상황에 이성적이었어. 아니, 최소한 프레드가 그러려고 애쓰는 게 느껴졌어…… 조지, 프레드와 내가 이렇게 지내서 좋을 게 없겠지? 프레드는 벌써 마음을 정했어. 확실하게 진심으로. 완전히 독립하겠대."

샬럿의 목소리가 불길하게 떨린다. 조지가 확신도 없이 말한다. "아직 너무 어려."

"아니, 걔는 나이에 비해서 너무 성숙해. 마음만 먹었으면 벌써 이년 전에도 독립해서 살 수 있었어. 걔가 미성년자라는 이유만으로 어린애 취급할 수는 없어. 법에 의지해서 돌아오게 만들 수는 없지. 게다가 그랬다가는 프레드가 나를 **절대** 용서하지 않을 거고—"

"전에도 그러다가 다시 돌아왔잖아."

"아, 나도 알아. 자기는 프레드가 나한테 잘못하고 있다고 생각하지? 그것도 알아. 그렇게 생각할 만해. 자기가 내 편을 드는 게 자연스러운 일이라는 뜻이야. 그렇지만 자기는 자식을 가져본 적이 없잖아…… 내 말에 마음 상한 건 아니지? 어머, 미안해—"

"미안하긴, 무슨."

"자기한테 아이가 있다고 해도, 똑같을 수는 없어. 이건 엄마와 아들의 문제야. 더군다나 아버지 없이 아이를 키워야 하면—정말 지옥이야. 그러니까, 애를 쓰고 또 애를 쓰는데—내가 무슨 말을 해도 무슨 행동을 해도 결국에는 다 내가 잘못한 걸로 비치나 봐. 프레드가 전에 나한테 이러더라. 나 때문에 숨 막혀 죽겠대. 처음에는 이해가 안 되더라. 아예 받아들여지지가 않았어. 그렇지만 이제는 이해해. 이해하게 됐어. 솔직히 내가 숨 막히게 한다고 **생각해.** 프레드는 자기 인생을 살아야지. 나한테서 독립해야지. 설사 프레드가 만나자고 애걸해도 내가 프레드를 안 만나야 돼. 아주 아주 오래. 아, 조지, 미안해. 이러려던 게 아니었는데. 미안해. 정말 미안해."

조지는 소파에서 샬럿 옆에 바싹 다가앉아 한 팔로 샬럿을 감싼다. 샬럿의 흐느끼는 포동포동한 몸을 말없이 살며시 껴안는다. 조지가 냉정한 것은 아니다. 다만 동감할 수 없을 뿐이다. 샬럿의 상황은 정말 안타깝다. 하지만 아직까지는 라 펠리시다드가 무사히 남아 있다. 조지는 아주 편안하다. 샬럿을 감싸지 않은 손으로는 술을 한모금, 감싸고 있는 쪽의 몸을 통해 동작이 느껴지지 않도록 조심하며 마신다.

이렇게 울고 있는 샬럿과 함께 앉은 채, 오하이오에서 온 장거리전화를 받은 밤을 떠올리자니 정말 기묘하지 않은가. 조지는 만난 적 없는 짐의 삼촌은 호의적이려고 애썼고, 가족끼리만 조촐히 치를 장례에 조지도 참석할 권리가 있다고 인정하기까지 했다. 그러나 대화가 진행되며, 조지가 말을 아끼며 **예, 알겠습니다**라고 하거나 장례식 초청에 퉁명하게 **고맙지만 사양하겠습니다**라고 대답하며, 짐의 삼촌은 조금 차가워졌고, 짐이 그토록 많이 말하던 이 룸메이트가 그렇게 친한 친구는 아니었군, 하고 단정 지었다······ 그러다가, 조지가 수화기를 내려놓은 지 적어도 오분이 지난 뒤, 첫 충격파가 몰려왔을 때, 무의미하던 소식이 갑자기 그 정확한 뜻을 드러냈을 때, 어둠속 언덕 위로 비틀거리고 헐떡거리며 달리고, 앞이 보이지 않아 계단을 헛디디고, 샬럿 집 문을 탕탕 치고, 울고 통곡하고 악을 쓰고, 샬럿 어깨에서, 무릎에서, 온몸에서. 그리고 샬럿, 꼭 껴안고, 머리를 쓰다듬고, 그런 상황에서 대개 하는 말을 들려주고…… 이튿날 오후 늦게, 조지는 샬럿에게서 받은 수면제 때문에 아직도 멍한 채 부르르 떨며 잠에서 깼다. 혐오스럽기만 했다. 짐, 내가 너를 배신했어. 우리가 함께한 삶을 배신했어. 너를 여자에게서 동정심을 끌어내려는 슬픈 이야깃거리로 만들었어. 그러나 그런 생각은 히스테리일 뿐, 두번째 충격파의 일부일 뿐이었다. 그것은 곧 사라졌다. 한편 샬럿은, 그 철없는 마음에 축복이 있을지니, 그 상황을 점점 더 완전하게 장악했다. 조지가 먹을 음식을 요리하고 바로 데워 먹을 수 있게 그릇을 알루미늄 포일로 싸서 조지가 외출했을 때 집에 가져다 놓았다. 필요할 때면 언제라도, 밤이 깊을수록 더 좋고, 전화하라는 메모를 남겼다. 자기 친구들한테 비밀로 하겠다며 어찌나 드러나게 입을 다물고 있었던지, 샬럿의 친구들은 짐이 섹스 스캔들을 일으키고 캘리포니아 주를 떠났다고 생각하고도 남을 정도였다. 이렇게 샬럿은 마침내, 짐의 죽음을 자신의 전적인 창작물, 요란스러운 소극 같은 것으로 바꾸어놓았다. (지금, 조지는 혼자 씩 웃고 있다.) 아, 정말, 조지는 그날 밤 샬럿에게 달려왔던 것이 기쁘다. 그 밤, 샬럿 자신은 전혀 모르지만, 조지는 절대 잊지 않을 교훈을 샬럿에게서 배웠다. 즉, 짐을, 짐과 함께한 삶을, 배신(이 멍청한 표현!)할 수 없다. 그러려고 애써도 할 수 없다.

이제, 샬럿은 울다가 차분해지고 있다. 두번 코를 훌쩍인 뒤, 또 "미안해" 하고 울음을 그친다.

"어디부터 일이 어긋났는지 계속 생각하고 있어 —"

"이런, 제발. 그런 생각은 쓸데없어."

"물론 그렇지. 하지만 버디와 내가 헤어지지 않았으면 —"

"자기 잘못이 아니야. 누구나 알잖아."

"헤어지는 건 늘 쌍방 잘못이지."

"요즘 버디 소식은 들었어?"

"아, 그럼. 자주 듣지. 스크랜턴에서 아직 산대. 버디는 실직 상태고, 데비는 또 딸을 낳았대. 셋째 아이지. 살림을 어떻게 유지하는지 모르겠어. 버디한테 이제 돈을 안 보내도 된다고 내가 계속 말하잖아. 프레드 쓰라고 보내는 거지만. 딱해. 자기 의무라고 생각하는 일에는 고집을 그렇게 부려. 뭐, 이제부터 그 문제는 부자지간에 알아서 하라고 해야지. 나는 그 그림에서 완전히 빠질래 —"

침울한 정적이 잠깐 이어진다. 조지는 샬럿의 등을 다독이며 격려한다. "스튜가 다 되기 전에 가볍게 한잔 더 할까?"

"그거 아주 좋은 아이디어 같은걸!" 샬럿이 무척 즐거이 웃는다. 그러다가 조지가 빈 술잔을 받아들 때, 샬럿은 파토스를 잠깐 되살리며 조지의 손등을 톡톡 친다. "조지, 정말이지 얼마나 고마운지 몰라." 샬럿의 눈에 눈물이 차오른다. 그래도 조지는 점잖게 눈물을 못 본 체할 수 있어서, 그냥 걸음을 뗀다.

조지는 주방으로 들어가면서 속으로 생각한다. 트럭에 치여 죽은 사람이 나라면, 짐이 바로 여기 있겠지, 지금 이 저녁, 이 술잔 두개를 들고, 이 문을 지나가겠지. 그렇게 단순한 게 세상일이야.

샬럿이 말한다. "자, 이제 우리 둘뿐이네. 자기랑 나."

저녁을 다 먹고 커피를 마시고 있다. 스튜는 꽤 성공적이었다. 그렇지만 샬럿이 평소에 만든 것과 딱히 다르지는 않았다. 스튜와 보르네오의 관계는 거의 전적으로 문학적인 것이었다.

"우리 둘뿐이네." 샬럿이 되풀이한다.

조지는 흐릿하게 미소를 짓는다. 샬럿의 그 말이 이야기를 꺼내기 위한 말머리인지, 아니면 와인 때문에 솟은 다정함에서 나온 감상적인 말인지 아직 알 수 없다. 두 사람은 저녁을 먹으면서 와인 한병 반을 마셨다.

그러다가 샬럿은 느릿느릿, 생각에 잠겨, 상황과 연관 없이 여성 특유의 사색일 뿐이라는 듯, 말을 덧붙인다. "내일이나 모레쯤, 프레드의 방을 치우려고 돌아다녀야 할 것 같아."

정적.

"그러니까, 그렇게 하지 않으면, 전부 다 정말 끝났다는 느낌이 안 들 것 같아. 스스로 확신을 가지려면, 실천에 옮겨야 해. 무슨 뜻인지 알지?"

"그래, 알 것 같아."

"물론 프레드한테 필요한 건 뭐든 다 보내야지. 나머지는 다른 데에 쌓아두면 돼. 집 아래에 창고 공간은 넉넉하니까."

"프레드 방을 세놓으려고?" 조지의 질문은, 샬럿이 무슨 이야기를 꺼낼 생각이라면 그 주제로 나아가야 한다는 의무감에서 나온 것이다.

"아, 아냐. 그럴 수는 없을 것 같아…… 어쨌든 모르는 사람한테는 안 돼. 여기서는 사생활이 제대로 보장되지 않잖아. 가족의 일원이 될 수밖에 없어. 어머, 세상에, '가족'이라는 표현은 그만 써야지. 정말이지 습관이 돼서…… 어쨌든 무슨 뜻인지 이해하지? 내가 정말 아주 잘 아는 사람이어야 —"

"무슨 뜻인지 알아."

"있지, 자기랑 나는, 우습지만, 정말이지 이제 한배에 탔어. 자기 집이나 이 집이나, 너무 넓으면서도 너무 좁아."

"어떻게 보느냐에 따라서 달라지지."

"맞아…… 조지, 물어보고 싶은 게 있는데, 캐물으려는 건 아니고 —"

"물어봐."

"이제, 음, 이제 시간이 좀 지났으니까 하는 말인데, 아직도 혼자 살고 싶어?"

"나는 혼자 살고 싶었던 적이 없어."

"아, 그렇지. 미안. 내 말뜻은 그게 아니라 —"

"그런 뜻이 아닌 건 나도 알아. 괜찮아. 염려 마."

"물론 조지가 그 집을 어떻게 생각하는지 나도 잘 알아…… 이사는 한번도 생각해본 적 없지?"

"응, 없어."

"그렇구나 — "(조금 아쉬운 목소리다.) "그럴 줄 알았어. 그 집에 있으면 짐과 가까이 있는 기분이 들 테니까. 그렇지?"

"그럴지도 모르지."

샬럿이 손을 내민다. 깊은 이해를 담아서 한참 동안 조지의 손을 꼭 쥔다. 그러다가 담뱃불을 끄고, (이제 두 사람 모두를 위해 용기를 내고) 밝게 말한다. "술 좀 더 만들어주시겠어요?"

"설거지 먼저."

"어머, 아냐, 제발 설거지는 그냥 둬! 아침에 내가 하면 돼. 그러니까, 내가 하고 **싶어**. 요즘에는 뭐든 할 일이 있어야 해. 할 일이 너무 없어서 — "

"다른 말은 필요 없어, 샬럿! 같이 안 할 거면, 나 혼자 할래."

"아, **조지!**"

삼십분 뒤, 조지와 샬럿은 새 술잔을 들고 거실에 돌아와 있다.

샬럿이 애교를 섞어서 놀리듯이 반박한다. "어쩜 그렇게 싫어하는 척할 수 있어? 분명히 자기도 그리우면서. 다시 돌아가고 싶지? 자기도 자기 마음을 잘 **알잖아?**"이것은 샬럿이 즐겨 꺼내는 주제다.

"맙소사! 그런 척하는 거 아냐! 나는 몇번이나 간 **적 있다니까.** 자기가 늘 잊어버리는 거지. 다시 가지 않은 사람은 샬럿 당신이야. 갈 때마다 점점 더 마음에 든다고 정말로 기꺼이 인정할 수 있어. 사실 지금도 나는 거기가 세상에서 제일 특별한 나라라고 생각해. 모든 게 멋지게 뒤섞여 있으니까. 온통 다 바뀌었으면서도, 아무것도 바뀌지 않았다고 할 수 있지⋯⋯ 이 이야기는 아직 샬럿한테 안 했던 것 같은데, 작년 한여름에 짐과 내가 거기 갔을 때 코츠월드로 짧게 여행을 다녀왔어. 어느 아침에 작은 간선 기차를 타고 테니슨의 시에서 방금 튀어나온 것 같은 마을에 내렸어. 온통 조용한 풀밭에, 한가로이 노니는 소들, 땅비둘기들, 태곳적부터 내려온 것 같은 느릅나무들, 숲 사이로 보이는 엘리자베스 1세 시대 양식의 저택. 기차역에는 짐꾼 두명이 있었어. 19세기에 입었던 복장 그대로였어. 트리니다드섬에서 온 흑인이라는 것만 달랐지. 입구에서 표를 받는 사람은 중국인이었어. 나는 즐거워서 죽을 뻔했어. 그렇게 세월이 흐르도록 없던 광경이 더해졌으니까. 그 덕분에 마침내 그 장소 전체가 완벽해져서 ―"

"그 이야기의 어느 부분에서 좋아해야 할지 모르겠네." 샬럿의 낭만이 흔들렸다. 조지가 예상한 대로였다. 사실, 조지는 샬럿을 놀리려고 이 이야기를 꺼냈다 .그러나 샬럿도 물러서지 않는다. 샬럿은 더 듣고 싶다. 얼큰히 취해서 백일몽에 빠지고 싶은 기분이다. 샬럿이 조지를 부추긴다. "그리고 자기가 태어난 집을 보려고 북쪽으로 갔지?"

"응."

"그 이야기 들려줘!"

"아, 샬럿, 그 이야기는 벌써 열번도 넘게 했잖아!"

"또 해줘, **부탁이야.**"

샬럿은 아이처럼 떼를 쓴다. 조지는 샬럿의 청을 여간해서는 거절하지 못하며, 술을 몇잔 마신 뒤에는 더더욱 그렇다.

"예전에는 농장 주택이었어. 1649년에 지어졌지. 그해는 찰스 1세가 참수된 때로──"

"**1649년!** 어머, 조지, 정말 **대단해!**"

"이웃에는 훨씬 오래된 농장도 몇곳 있어…… 물론 이제는 많이 바뀌었지. 지금 그 집에 사는 사람은 맨체스터의 텔레비전 프로듀서인데, 집 내부를 거의 다 뜯어고쳤어. 계단을 새로 놓고, 욕실을 하나 더 넣고, 주방도 최신식으로 개조했어. 얼마 전에 연락이 왔는데, 중앙난방 장치도 달았대."

"정말 끔찍해! 아름다운 고옥을 망치지 못하도록 법으로 막아야 해. 뭐든 신식으로 고치려고 혈안이 되다니, 그 사람들도 이 끔찍한 나라를 따라가고 있는 것 같아."

"과민반응하지 마, 샬럿! 예전 상태 그대로면 그 집에서 아무도 못 살아. 그 지역 돌로 지어졌는데, 그 돌은 습기를 한방울도 남기지 않고 다 빨아먹어. 게다가 날씨는 끔찍해서 습도가 아주 높아.

여름에도 벽이 축축했어. 겨울에는 며칠만 불을 피우지 않아도 방에 들어가면 죽을 만큼 추웠고. 지하실 냄새는 정말이지 무덤 같았어. 책에는 늘 곰팡이가 피고, 벽지는 계속 벗겨지고, 액자에 넣은 사진은 습기로 얼룩지고——"

"자기가 뭐라고 말해도 내 귀에는 멋지고 낭만적으로만 들려. 『폭풍의 언덕』이랑 똑같아."

"사실, 요즘은 교외 주택가가 다 됐지. 골목길을 조금만 내려가면 대로가 나와. 20분마다 맨체스터로 가는 버스가 다니고."

"그렇지만 그 집이 습지 초원 끝에 있다고 하지 않았어?"

"아, 맞아. 그렇지. 그래서 정말 기묘해. 두 세계에 속하니까. 집 뒤쪽에서 내다보면, 사실은 내가 태어난 방인데, 거기서 보면 어릴 때 보던 풍경 그대로야. 여전히 집은 거의 없어. 탁 트인 언덕이랑, 쭉 이어지는 돌담이 있고, 하얀 점으로 보이는 농장이 몇곳 있을 뿐이야. 그리고 물론 오래된 농장 주위에 있는 나무들은 아주 옛날에, 내가 태어나기도 전에 심은 것이지. 집을 보호하려고. 산등성이에 바람이 아주 많이 불거든. 아름드리 너도밤나무들인데, 파도처럼 소용돌이치는 소리 같은 게 나. 내 기억 속에 가장 오래된 소리야. 그래서 내가 늘 바닷가에서 살고 싶은 게 아닐까 하는 생각을 가끔 해."

조지에게 무슨 일이 일어나고 있다. 조지는 샬럿을 기쁘게 하려고 마법을 만들기 시작했지만, 이제 그 마법이 조지를 움켜쥐고 있다. 조지도 깨닫고 있다. 그러나 그러면 어떤가? 재미있는걸. 취기에 새로운 차원이 더해진다. 샬럿 말고는 아무도 들을 사람이 없는 한 괜찮아! 이제 샬럿은 공감과 기쁨으로 깊게 탄식한다. 다른 사람이 자신도 푹 빠져 있다고 인정할 때 느끼는 중독자의 기쁨.

"습지 초원 위에 작은 술집이 있어. 마을 맨 끝 집이지. 언덕 위로 나 있는 옛 마찻길 옆에 있어. 이제는 거의 아무도 다니지 않는 길이야. 짐이랑 저녁이면 그 술집에 가곤 했어. 술집 이름은 '농장집 아들'이야. 낮은 천장은 아주 무거워 보이고, 흰 떡갈나무 대들보가 있어. 그리고 커다란 벽난로가 있지. 벽에는 여우 박제가 몇 개 걸려 있어. 벽화도 있어. 빅토리아 여왕이 하일랜드에서 말을 타고 달리는——"

샬럿은 어찌나 기쁜지 정말로 손뼉까지 친다. "어머! 전부 눈에 선해!"

"어느날 그 술집이 평소보다 오래 영업을 했어. 짐의 생일이었기 때문이야. 문은 닫았지만, 술은 계속 내놓았지. 마음이 어찌나 편했던지, 기네스 맥주를 마시고 또 마셨어. 불법이라는 이유만으로 많이 마셨지.* 거기 '인물'도 있었어. '아, 그 사람 인물이야, 정말.' 모두 이렇게 그 사람을 설명해서 그렇게 불렀어. 이름은 렉스고, 시골의 비트족 같은 사람이었어. 농장에서 잡일을 했지만, 벌이가 꼭 필요할 때만 했어. 여하튼 그 렉스가 우리한테 강렬한 인상을 주고 싶어서 잘난 체하며 말을 걸기 시작했어. 렉스가 짐한

---

* 영국에는 엄격한 심야 주류 판매 규제가 있었다.

테 말했어. '당신네 양키들은 환상의 세계에 살고 있군요!' 그러다가 꽤나 친해져서, 우리가 머물고 있는 여관으로 돌아갈 즈음에는 잔뜩 취했는데, 렉스와 나는 공통점을 찾기도 했어. 우리 둘다 학교에서 배운 헨리 뉴볼트의 시 「비타이 람파다」를 외우고 있는 것이었지. 우리는 당연히 소리치기 시작했지. '싸워, 싸워, 경기를 해!' 붉게 젖은 사막의 모래가 나오는 둘째 연에서 내가 말했어. '대장은 잡히고 기관총은 망가졌네.' 렉스는 그해 최고의 농담이라고 말했고, 짐은 길에 앉아서 얼굴을 양손에 묻고 끙끙거리며 신음하고 있었어 — "

"짐은 즐거워하지 않았다는 뜻이야?"

"짐이 즐거워하지 않았다고? 짐은 그 어느 때보다도 즐거워했어. 혹시 짐이 영국을 아예 안 떠나는 게 아닐까 하는 생각이 잠깐 들 정도였어. 게다가 짐이 그 술집을 얼마나 좋아했는지 몰라. 뭐, 그 건물의 다른 부분들이 아주 매력적인 건 나도 인정해. 이층 거실에 있으면 정말 좋아. 꽤 큰 정원도 있어. 짐이 그 술집을 사서 살림집으로도 쓰고 둘이서 술집 운영도 하자고 했어."

"정말 멋진 생각이다! 실행에 못 옮겼다니 너무 안타까워!"

"뭐, 아주 불가능한 일은 아니었어. 조사도 좀 했어. 주인을 설득해서 살 수도 있었을 거야. 짐은 뭐든 잘했으니, 술집도 틀림없이 썩 잘 운영했겠지. 물론 처리해야 할 서류, 허가, 등등이 끔찍하게 많았겠지…… 아, 그래, 짐이랑 진지하게 얘기도 했어. 사실, 올해에 다시 가서 더 자세히 살펴보자는 말도 했어 — "

"그럼, 혹시 말이야, 짐이 혹시 ── **정말** 둘이서 그 술집을 인수하고 거기서 살았을까?"

"뭐, 누가 알겠어? 짐이랑 나는 항상 이런저런 계획들을 세우곤 했는걸. 샬럿도 몰랐지? 남들한테는 거의 말하지 않았으니까. 어쩌면 우리 마음 깊은 곳에서는 정신 나간 계획들이라는 걸 알았기 때문이겠지. 그렇지만 다시 생각하면, 우리는 정신 나간 짓을 좀 했지. 뭐, 이제는 영영 알 수 없겠지…… 샬럿, 우리 둘 다 술이 더 필요하네."

조지의 귀에 갑자기 샬럿의 목소리가 들린다. "남자는 **다르겠지 ──**"

(다르다니, **뭐가?** 순식간에 졸다니, 이럴 수도 있나? 조지는 정신을 바짝 차린다.)

"── 있지, 내가 버디에 대해서 생각하던 게 있거든. 버디는 어디에서도 살 수 있는 사람이야. 황무지를 수백 킬로미터 돌아다니다가 갑자기 텐트를 치고 그곳을 중요한 곳이라고 말하면, 그저 버디가 그렇게 말했다는 이유만으로도 그곳이 중요한 곳이 **될 수** 있지. 이 나라 개척자들이 한 일도 결국은 바로 그거잖아. 그리 오래된 일도 아니고. 버디한테도 그 피가 흘렀나봐. 이제는 그럴 수 없는 게 확실하지. 데비는 그런 일을 절대 참지 않을 테니까……

그래, 조지, 맹세하는데, 나는 정말이지 악녀가 아니야! 하지만 결국에는 나도 버디의 그런 모습을 못 견디겠지. 여자들은 그래. 우리 여자들은 뿌리를 내려야 해. 다른 곳으로 **옮겨질 수는** 있지. 그렇지만 우리 여자를 옮겨 심는 건 남자야. 그리고 남자가 여자를 옮겨 심은 뒤에는 남자도 그 자리에 함께 머물면서, 시들어야 해. 아니, 시들어야 한다는 게 아니라, 물을 줘야 해. 응, 물을 주지 않으면 새 뿌리가 시든다는 말이었어⋯⋯" 샬럿의 목소리가 잠긴다. 이제 샬럿은 고개를 세차게 가로젓는다. 조금 전에 조지가 한 대로. "내 말이 말이 되나?"

"응, 샬럿. 돌아가기로 마음먹었다는 말을 하려던 것 아니야?"

"고향?"

"아직도 여기가 고향이 아닌가?"

"아, 이런, 아무것도 모르겠어. 그렇지만 프레드는 이제 내가 필요 없대. 조지, 내가 여기에 살 이유가 없지 않아?"

"친구들이 많잖아."

"많지. 친구들. 정말 좋은 친구들이지. 특히 피보디네랑 가페인네. 제리랑 플로라. 아, 머나 커스터도 내가 아주 좋아하지. 그런데 나를 **필요로 하는** 사람은 아무도 없어. 내가 그 사람들을 두고 떠난다고 죄책감을 느끼게 될까? 아니, 전혀⋯⋯ 자, 조지, 정말 솔직하게 대답해봐. 내가 두고 떠나면 죄책감이 들 사람이 있어? 누구라도, **단 한 사람이라도** 있어?"

내가 있잖아. 아니, 조지는 그 말을 하지 않는다. 그런 유혹의 말은 술에 취했을 때라도 조지와 샬럿에게 걸맞지 않다. 조지는 확고하지만 다정하게 말한다. "죄책감이 머물**거나** 떠나는 이유가 될 수는 없잖아. 중요한 것은 샬럿 자신이 가고 **싶은가** 아닌가지. 가고 싶으면 가야지. 다른 사람은 신경 쓰지 마."

샬럿이 슬프게 고개를 끄덕인다. "그래, 그 말이 맞아."

조지가 주방으로 가서 다시 칵테일을 만든다. (이제 조지와 샬럿은 훨씬 빨리 마시고 있다. 이번이 정말 마지막 잔이어야 한다.) 다시 거실로 나오자, 샬럿은 손을 깍지 끼고 앞을 멍하니 바라보고 있다. "돌아가야 할 것 같아. 두렵기는 해. 그렇지만 정말 돌아가야 한다는 생각이 들기 시작했어."

"왜 두려워?"

"몰라, 두려워. 하나를 들자면, 낸 언니가 있지."

"반드시 언니랑 같이 살아야 하는 건 아니잖아?"

"꼭 그래야 하는 건 아니지. 그렇지만 내가 돌아가면 언니랑 같이 살겠지. 틀림없어."

"그렇지만 내가 느끼기에 두 사람은 서로 몹시 미워하는 것 같은데. 그렇지 않아?"

"꼭 미워한다고는 말할 수 없어. 어쨌든 가족끼리는 서로 미워하는 게 사실 중요하지 않잖아. 그런 일은 접어놓을 수 있어. 조지,

자기한테는 설명하기 힘들어. 자기는 아주 젊을 때 이후로 가족이 없었잖아. 아냐. 그건 미움이 아니야. 하긴, 내가 처음 버디를 만났을 때, 언니가 침대에 누워 있는 나와 버디를 봤을 때, 그때, 언니가 나를 좀 미워하긴 했지. 그러니까, 언니는 내 행운을 미워한 거야. 그래, 그때만 해도, 버디는 꿈같은 남자**였으니까.** 자매라면 누구라도 질투했을 거야. 그런데 그건 큰 문제가 아니야. 언니가 중요하게 여긴 건 따로 있어. 버디가 미군이고, 우리가 결혼하면 버디는 나를 미국으로 데려가서 거기 살 것이라는 점이었지. 언니는 미국에 오기를 간절히 바랐어. 있지, 영국 아가씨들은 많이들 그랬거든. 전쟁 후의 영국, 부족한 물자, 뭐든 다 떠나고 싶은 이유였지. 그렇지만 언니는 자기 소망을 인정하느니 차라리 죽음을 택했을걸. 미국에 가고 싶다는 생각만으로도 조국인 영국을 배신하는 것이라고 느꼈으니까. 언니가 버디와 내 관계를 질투했다고 인정하는 게 훨씬 빠를걸! 우습지 않아?"

"버디랑 헤어진 걸 언니도 알고 있지?"

"아, 그럼. 헤어지자마자 곧장 언니한테 말했지. 그럴 수밖에 없었어. 언니가 이상한 방법으로 먼저 알아내면 너무 창피하잖아…… 그래서 편지를 썼어. 답장이 왔는데, 아주 고약하고 은근히 의기양양하더라. 이제 여기로 돌아올 **수밖에** 없겠네. '네가 버린 이 나라로 돌아오겠구나' 하는 뜻이지. 당연히 당장 편지를 갈겨썼지. 자기도 **내 성격** 잘 알잖아! 내 답장은 이랬어. 나는 여기서 더할 수 없이 행복하다, 언니가 사는 그 끔찍한 작은 섬나라로는 절대 다시 돌아가지 않겠다. 아, 이런 이야기는 지금껏 한번도 안 했지? 너무 부끄러워서 말도 못했어. 어쨌든 **그** 편지를 보낸 뒤로 정말 죄책감이 들어서 언니한테 물건을 보내기 시작했어. 베벌리힐스에 있는 고급 상점에서 갖가지 고급 식료품을 보냈지. 온갖 치즈, 병조림, 통조림. 사실, '풍요의 땅'이라고 부르는 데서 살고 있지만, 나는 그런 물건을 살 형편이 안 되잖아! 내가 정말 바보지. 내가 한심하다는 생각조차 안 했다니까! 사실은 언니가 나를 제 손바닥에 놓고 갖고 논 것이었어. 언니는 내가 그 음식들을 한동안 계속 보내게 그냥 두더라. 물론 다 먹었을 거야. 그다음에 내가 **정말** 언니한테 격침당했어. 나한테 이런 편지를 보낸 거야. 전쟁이 끝난 지 벌써 꽤 오래됐고 영국에 구호품을 보내는 건 이제 옛일이 됐다는 사실을 모르냐고."

"대단한걸!"

"아니야, 조지. 그래도 언니는 마음 깊은 곳에서 나를 정말 사랑해. 나한테 자기 관점을 강요하는 것뿐이야. 있지, 언니는 나보다 두살 많아. 어릴 때는 두살 차이도 크잖아. 언니는 나한테 도로 같은 존재였어. 나는 언니가 나를 어디로 **이끌** 거라고 생각했지. 언니와 함께 있으면 나는 길을 잃지 않을 거야…… 내가 무슨 말을 하려는 건지 알겠어?"

"아니."

"뭐, 신경 쓰지 마…… 고향으로 돌아갈 이유는 또 있어. 과거야. 그 과거도 모두 언니와 연관이 있지. 내가 도로에서 벗어난 지

점으로 되돌아간다고 할까. 무슨 뜻인지 알아?"

"아니, 모르겠어."

"아니, 조지, **과거**라니까! 이 말에는 무슨 뜻인지 모르는 체 못 하겠지?"

"과거란 지나간 무엇을 가리키는 말이지."

"아니 정말, 어떻게 이렇게 짜증나게 해?"

"아니, 샬럿. 정말이야. 과거는 지나간 일이야. 사람들은 과거가 지나간 게 아닌 척하지. 그래서 박물관에 이것저것 전시해. 그런 데 그건 과거가 아니야. 샬럿은 영국에서 과거를 찾을 수 없어. 아 니, 다른 어디에서도 찾을 수 없지."

"아, 조지는 정말 짜증나!"

"있지, 그냥 한번 다녀오는 게 어때? 원하면 언니도 만나고 와. 그렇지만 제발, 자기 자신을 벌주지는 마."

"아니, 돌아가면, 거기 쭉 사는 거야."

"**왜?**"

"우유부단한 건 더는 못 참겠어. 이번에는 배수진을 치겠어. 버 디랑 여기 왔을 때 나는 배수진을 쳤다고 생각했어. 그렇지만 이 번에는 정말 —"

"아, 제발!"

"나도 알아. 가보면 다 바뀌었겠지. 내가 싫어할 것도 많을 거 야. 그것도 알아. 이곳 슈퍼마켓과 편리와 편의가 그리울 거야. 그 것도 알아. 이런 날씨에서 살다가 그곳에 가면 감기를 계속 달고 살겠지. 자기 말이 정말 맞을 거야. 언니랑 살면 **분명** 비참해지겠지…… 그래도 어쩔 수 없어. 적어도 그곳에 있으면, **내가 어디에 있는지** 알 테니까."

"살다 살다 이렇게 말도 안 되게 지독한 마조히즘은 처음 들어!"

"아, 그래. 마조히즘으로 들릴 수도 있겠네. 어쩌면 그럴지도 모르지! 마조히즘이 영국인들이 애국자가 되는 길이라는 생각은 안 들어? 아니, 반대로 말하고 있나? 정말 재미있네! 자기야, 술을 조금만 더 마시면 안 될까? 영국의 마조히즘을 위해서 건배하자!"

"아니, 그만 마시는 게 좋겠어. 이제 잘 시간이야."

"조지, **벌써 가려고!**"

"가야 해."

"언제 또 만날 수 있을지도 모르잖아."

"조만간 또 만나면 되지. 샬럿이 당장 영국으로 떠나지만 않으면."

"어머, 놀리지 마! 당장 안 떠나는 거 너무 잘 알면서! 준비하는 데만 몇년이 걸릴걸…… 아예 안 갈지도 모르지. 짐 꾸리고 작별 인사 하고, 그런 **수고**를 어떻게 다 감당해? 못 해. 아마 절대 안 하겠지 ―"

"그 이야기는 나중에 다시 해. 찬찬히 더…… 잘 자, 샬럿."

조지가 샬럿에게 입을 맞추려고 몸을 숙이는 순간, 샬럿도 자리에서 일어선다. 두 사람은 꼴사납게 서로 부딪쳐서 바닥에 쓰러져 구를 뻔한다. 조지는 비틀거리면서 샬럿을 흔들리지 않게 붙잡는다.

"내가 이만큼이나 자기를 보내기 싫었나봐."

"그럼, 기분 좋게 보내줘."

"말하는 것 좀 봐! 이렇다니까! 자기는 내가 가든 있든 상관도 안 하지?"

"내가 왜 상관을 안 해?"

"정말?"

"정말!"

"조지?"

"응?"

"내가 자기를 혼자 두면, 짐이 싫어할 거야."

"그럼, 떠나지 마."

"아니, 정말 진지하게 말하는 거야! 나랑 쌘프란시스코 갔던 때, 생각나? 작년 9월이었지? 자기들이 영국에서 돌아온 직후 —"

"그래."

"그날 출발할 때 짐은 같이 못 했지. 이유는 까먹었어. 짐은 이튿날 비행기를 타고 와서 합류했어…… 뭐, 어쨌든, 자기랑 내가 자동차에 올라탈 때, 짐이 나한테 말한 게 있어. 절대 못 잊을 말…… 이 얘기, 한 적 있어?"

"안 했던 것 같아."(샬럿은 이미 적어도 여섯번은 그 이야기를 했다. 모두 술에 아주 많이 취했을 때였다.)

"짐이 나한테 말했어. 조지랑 나랑 서로 잘 돌보라고."

"그랬어?"

"응, 그랬어. 정확히 그렇게 말했어. 조지, 내 생각에는 짐이 잘 돌보라는 말했을 때 그저 돌보라는 말이 아니라 **그 이상의** 의미가―"

"무슨 의미?"

"그뒤로 두달도 지나지 않아서 오하이오로 떠났잖아…… 짐이 서로 **잘 돌보라고** 말한 건, 짐 스스로도 잘 **알고** 있어서―"

샬럿은 조금 흔들리는 몸으로 조지를 바라본다. 진지하지만 흐릿한 눈빛. 자신이 마신 술로 가득 찬 어항 속에서 조지를 응시하는 물고기 같다. "조지, 짐의 말을 믿어?"

"짐이 머릿속으로 무슨 생각을 했는지 우리가 어떻게 알겠어? 서로 잘 돌봐야 한다는 점에 있어서는, 짐은 분명 우리가 그러길 바랐겠지." 조지는 샬럿의 어깨에 손을 얹는다. "그러니까 이제 서로에게 잘 자라고 말하는 게 좋겠지?"

"아니, 잠깐―" 샬럿은 자기 전에 시간을 끌려고 부모에게 계속 질문을 던지는 어린아이 같다. "아직 그 술집을 인수할 수 있을까?"

"아마 그렇지 않을까…… 그것도 좋은 생각이네! 우리가 그 술집을 인수하면 되겠다! 샬럿 생각은 어때? 술도 마시고, 돈도 벌고. 언니랑 사는 것보다 훨씬 재미있을걸?"

"어머, 정말 멋지다! 우리가 진짜 그 술집을 **인수할 수** 있을까? 아니, 농담이지? 농담이구나. 하지만 벌써 엎질러진 물이야. 자기가 말을 뱉었으니까. 짐이랑 했던 것처럼 계획을 세우자. 우리가 함께 계획을 세우면, 짐도 기뻐하겠지?"

"그렇겠지…… 잘 자, 샬럿."

"안녕, 조지, 내 사랑 ─" 샬럿은 조지와 포옹하며 입술에 키스해온다. 그리고 갑자기 혀를 넣는다. 샬럿은 전에도 자주 이런 행동을 했다. 적어도 이론적으로는, 일만번 중 한번, 관계를 제 궤도에서 이탈시켜 다른 궤도로 홱 옮겨줄지도 모른다는, 술김에 해보는 승산 없는 시도다. 여자들이 이런 시도를 멈추는 법이 있을까? 없다. 그러나 절대로 멈추지 않기 때문에 훌륭한 패배자가 되는 법을 익힐 수 있다. 조지는 적당히 시간을 두고 가만히 있다가 몸을 뺀다. 샬럿은 매달리지는 않는다. 이제 샬럿은 더이상 막지 않고 조지를 보낸다. 조지가 샬럿의 이마에 입을 맞춘다. 샬럿은 마침내 이불 속에 들어가는 어린아이 같다.

"푹 자."

조지는 돌아서서 문을 활짝 열고, 성큼 한걸음 내디딘다. **이런!** 하마터면 계단 끝까지 데구루루 구를 뻔했다. 아, 상상할 수 없을 만큼 저 멀리, 바닥이 보이지 않는 칠흑 같은 어둠속으로 오백만, 천만, 아니, 오천만 미터까지 구를 뻔했다. 오로지 문손잡이를 꽉 잡은 덕에 살았다.

조지는 쿵쾅거리는 가슴으로 휘청거리며 돌아서서 샬럿에게 씩 웃어 보인다. 그러나 다행히 샬럿은 다른 곳으로 가고 없다. 샬럿에게 이 어처구니없는 모습을 들키지 않았다. 천우신조다. 샬럿이 **보았다면** 자고 가라고 붙잡았을 테니까. 그러면, 뭐, 최소한, 브런치 같은 늦은 아침을 먹게 될 것이고, 술을 더 마시게 될 것이고, 낮잠을 자고 저녁을 먹게 될 것이고, 이어서 술을 더욱 더욱 더욱 많이 마시게 될 것이고…… 이런 일이 실제로 전에 일어난 적 있다.

그러나 이번에는 다행히 벗어났다. 이제 조지는 현관문을 도둑처럼 조심스레 닫는다. 계단 맨 위에 걸터앉아서 숨을 깊이 쉰다. 그리고 스스로에게 나직하지만 엄격하게 말한다. 너는 취했어. 아, 한심한 늙은이 같으니라고. 어쩌자고 그렇게 취했어? 자, 이제 잘 들어. 이 계단을 아주 천천히 내려가야 해. 계단을 다 내려가면, 곧장 집으로 가서, 위층으로 올라가고, 바로 침대에 눕는 거야. 이도 닦지 않고 곧장 자는 거야. 자, 알았지? 자, 이제 —

됐어, 어쩔 수 없지.

어떻게 설명할까, 그러니까, 그게, 샛강을 건너는 다리에 실제로 발을 디딘 채, 조지는 갑자기 몸을 돌린다. 혼자 낄낄 웃는다. 어른—늙은 보호자 대뇌겉질—으로부터 벗어나려고 발버둥치는 어린아이의 동작으로 도로를 내달린다. 웃으며, 바다로?

재빨리 걸어 녹나뭇길을 지나 라스온다스로 가는 사이, 해변에 마주한 해안 고속도로 모퉁이 아래, 어서 오라고 반짝이는, 스타보드 싸이드의 둥근 녹색 현창 불빛들을 본다.

스타보드 싸이드는 이주민 정착 초창기부터 줄곧 이 자리를 지

컸다. 그곳 바에서는, 처음에는 점심을 팔았고, 금주령이 끝난 직후 처음으로 맥주를 팔았고, 바 뒤의 거울에 때로 영광스럽게 톰 믹스*의 얼굴이 비치기도 했다. 그러나 최고의 순간은 그뒤에 찾아왔다. 1945년 여름! 전쟁은 오히려 좋았다. 등화관제는 혼음의 좋은 핑계일 뿐이었다. 바 위에는 '폭격을 당할 경우, 즉시 문을 닫습니다!'라는 표지판이 걸려 있었다. 물론, 농담이었다. 그래도 항구 건너편, 팰로스버디스 절벽 아래 깊은 물속에는 진짜 일본인 시체가 가득한 진짜 일본 잠수함이 잠겨 있었다. 캘리포니아 해안에서 육안으로 보이는 거리에서 군함 두세척을 침몰시킨 일본 잠수함이 어뢰에 맞고 가라앉은 것이었다.

그때 이곳 손님들은 등화관제용 커튼을 젖히고, 술집을 빽빽이 꽉 채운 사람들을 팔꿈치로 밀치며, 안으로 들어갔다. 담배 연기 때문에 숨을 쉴 수도 앞을 볼 수도 없었다. 이곳에서는, 소음과 사람들 틈에 완전히 자신을 감추고, 그날 처음 만난 상대에게 소리치며 하룻밤 섹스를 하자고 유혹하는 말들을 주고받을 수 있었다. 유혹은 할 수 있지만 싸울 수는 없었다. 다른 사람의 얼굴을 때릴 공간조차 없었기 때문이다. 싸우려면 밖으로 나가야 했다. 아, 피 터지는 싸움, 보도의 구토! 크게 휙 날아가는 주먹들, 뒤로 넘어가서 주차된 자동차 펜더에 부딪는 머리들! 남자보다 훨씬 험악하게, 끝장을 보게 주먹질하는 덩치 큰 근육질 레즈비언들. 싸이

* 1910~35년에 336편의 영화를 찍은 미국 영화배우로, 카우보이 배우의 전형을 확립했다.

렌을 울리며 도착하는 경찰, 갑자기 몰려드는 해안경비대. 위험에 처한 멋진 젊은 취객을 집으로 데려가서 보호하고 즐거운 기적처럼 이튿날 아침에 침대로 아침밥을 가져다주려고 아파트에서 서둘러 내려오는 아가씨들. 히치하이크하는 군인들은 이곳에서 몇 시간, 몇밤, 몇날 머물렀다. 멍든 눈과 사면발니와 임질, 재워준 여자 혹은 남자에 대한 아주 희미한 기억만 안고 마침내 다시 길을 떠났다.

그리고 종전. 즉시 배급 제한이 풀린 기름으로, 말리부까지 길 전체에 재생 타이어의 시꺼먼 조각을 온통 흩뜨리며 고속도로를 위아래로 내달리는 미친 향연. 그리고 1946년의 해수욕 철. 더운 밤들의 마법 같은 불결함. 해변 전체를 살아 있게 하는 날름거리는 불꽃, 그 모닥불들을 지핀 나체 야만인들의 방대한 부족. 각각의 그룹 혹은 커플은 다른 집단에 신경 쓰지 않았지만, 모두가 부족 야영지 삶의 일부를 이루었고, 어둠속에서 수영하고, 생선을 굽고, 라디오 음악에 춤추고, 모래 위에서 부끄러워하지 않고 짝 짓기를 했다. 조지와 짐(만난 지 얼마 되지 않았을 때였다)도 밤이면 밤마다 거기 끼었지만, 그 욕정의 찬란한 인디언 써머를 게걸스럽게 돌아보는 기억의 슬프고 맹렬한 식욕을 충족시킬 만큼 자주는 아니었다.

히치하이크하는 군인은 이제 거의 없고, 대개는 가정을 꾸리고, 미사일 기지와 아내가 있는 집 사이를 오간다. 해변에서 모닥불을 피우는 일은 금지됐다. 지정 야외장은 예외지만, 주에서 설치한 테이블에서 의자에 앉아 식사해야 하고 섹스는 절대 금지다. 옛 영광은 빛이 거의 다 바랬지만, 그럼에도 불구하고, 박해받지만 죽지 않은 무질서의 늙은 신들 덕분에, 로스온다스의 이 마지막 블록은 여전히 불온한 동네로 남아 있다. 점잖은 이들은 본능적으로 이 동네를 피한다. 부동산업자들은 못마땅하게 여긴다. 이곳 부동산 가치는 낮다. 모텔들은 새것임에도 서로 다닥다닥 붙어서 이미 슬럼가의 지저분한 싸구려 분위기다. 하룻밤 섹스를 즐기는 사람들만 이용한다. 그 야만인 축제의 모닥불들이 남긴 숯은 모래 속에 묻힌 지 오래지만 이 해변은 여전히 쓰레기로 지저분하다. 고등학생들은 여전히 해변 담장에 큰 글자로 욕설을 낙서하고, 조가비는 이곳에서 여전히 버려진 콘돔보다 찾기 힘들다.

스타보드 싸이드의 영광도 그 빛이 바랬다. 조지처럼 진정으로 충성스러운 손님만 흐릿한 마지막 빛이나마 여전히 감지할 수 있을 뿐이다. 먼지 앉은 해병대 트로피들과 누렇게 바랜 단체사진들은 이미 없어졌다. 새해가 시작되면 곧장, 감히 실내장식이라 부르는 것을 새로 하겠다고 한다. 그 말인즉, 내년 여름에 올 무표정한 이방인들에 대비해 이곳을 훼손하겠다는 뜻이다. 벌써 새 주크박스가 들어왔다. 벽 높은 곳에는 새 텔레비전이 설치되었다. 이제 바에 팔꿈치를 대고 앉은 채 오른쪽으로 조금만 몸을 틀면 멍한 상태로 텔레비전을 시청할 수 있다. 바로 그 모습을 손님 대부분이 취하고 있을 때, 조지가 들어선다.

조지는 휘청거리면서도 단호하게, 자신이 즐겨 앉는 작은 구석

테이블로 간다. 텔레비전이 보이지 않는 자리다. 옆 테이블에, 순응하지 않고 최면에 걸리지 않은 사람이 두명 더 있다. 마지막 몇 안 남은 식민지 시절 이주민인 이 노인 커플은 둘만의 사랑 방법을 실천하고 있다. 술기운에 벌이는 가벼운 말다툼. 그것으로 두 사람은 아이들처럼 장난스러운 관계 속에 살아갈 수 있다. **이 쭈 그렁이, 이 늙다리, 이 늙은 잡것, 이 늙은 개자식.** 미움 없는 화, 앙심 없는 욕. 이들은 죽을 때까지 이럴 것이다. 부디 두 사람이 절대 헤어지지 않고, 맥주 얼룩이 든 두 사람의 침대에서 같은 밤 같은 시각에 죽을 수 있기를.

이제 조지의 눈은 바를 쭉 훑는다. 문에서 가까운 끄트머리에 혼자 앉은 형체에 멎는다. 그 젊은이는 텔레비전을 보고 있지 않다. 편지봉투 뒷면에 무엇을 쓰는 일에 꽤 열중해 있다. 쓰면서, 혼자 미소를 짓고, 집게손가락으로 큰 코 옆을 긁적인다. 케니 포터다.

처음에 조지는 움직이지 않는다. 반응을 거의 보이지 않는 듯하다. 그러다가 서서히 열의를 띤 미소로 입술이 벌어진다. 조지는 몸을 앞으로 숙이고, 씨에라네바다 산맥이 아닌 시내 공원 나무에서 갈색양지니를 발견한 동물학자처럼 기뻐하며 케니를 지켜본다. 잠시 후 조지가 일어선다. 살금살금 걷다시피 바 쪽으로 가서, 케니 옆에 있는 스툴에 슬며시 앉는다.

"안녕."

케니가 얼른 고개를 돌린다. 누구인지 본다. 껄껄 웃는다. 봉투를 구기고 바 너머 쓰레기통에 던진다. "안녕하세요, 선생님."

"뭐 하고 있었어?"

"아, 아무것도 안 했어요."

"내가 방해했군. 글을 쓰고 있었잖아."

"아무것도 아니에요. 그냥 시예요."

"그런데 이제 완전히 사라졌네!"

"머릿속에 있어요. 일단 적었으니까요."

"내가 들어볼 수 있을까?"

그 말에 케니는 자지러지게 웃는다. "그냥 잡소리예요. 그냥——" 케니가 웃음을 삼킨다. "그냥, 그냥, 하이꾸예요!"

"음, 하이꾸가 왜 잡소리지?"

"음절 수를 먼저 세야 하잖아요."

그러나 케니는 이제 수를 셀 마음이 없음이 분명하다. 그래서 조지가 말한다. "이 근처에서 자네를 보게 될 줄 몰랐어. 자네 사는 곳은 여기서 정반대가 아닌가? 캠퍼스 근처?"

"맞습니다. 그래도 가끔 거기서 벗어나고 싶어요."

"그래도 바로 이 술집을 우연히 고르게 됐다고?"

"아, 선생님께서 여기 자주 오신다는 말을 어느 학생한테 들었거든요."

"나를 만나러 여기까지 왔단 말이야?" 조지의 목소리가 지나치게 열정적이었는지 모른다. 그래도 케니는 놀리는 듯한 미소로 조지의 말을 가볍게 털어낸다. "어떤 술집인지 궁금해서 직접 보고 싶었어요."

"지금은 형편없지. 그래도 예전에는 꽤 근사했어. 습관처럼 여기 오는 거야. 음, 집에서 가깝거든."

"녹나뭇길요?"

"아니, 어떻게 알았어?"

"비밀인가요?"

"아, 아니, 비밀은 무슨! 가끔 집으로 찾아오는 학생들도 있는걸. 아, 연구 때문에 온다는 말이야 ―" 조지는 그 말을 하자마자, 끔찍하게 자기방어적이고 죄가 있는 것처럼 들릴 것이라고 깨닫는다. 케니가 알아챘을까? 케니는 씩 웃고 있다. 그렇지만 아까부터 계속 씩 웃고 있지 않았나. 조지는 조금 의기소침하게 덧붙인다. "자네는 나와 내 생활에 대해서 아주 많이 알고 있는 것 같군. 난 자네에 대해서 그다지 아는 게 없는데 ―"

케니는 짓궂은, 항의하는 표정으로 조지를 본다. "저희에 대해서 아셔야 할 게 별로 없을걸요! 뭘 알고 싶으세요?"

"아, 생각을 좀 해야지. 잠깐만 기다려…… 음, 뭘 마시고 있었나?"

케니가 낄낄거린다. "아무것도요! 제가 들어오는지도 모르던걸요." 정말 바텐더는 텔레비전 레슬링 경기에 푹 빠져 있다.

"그럼, 뭘 마시겠나?"

"선생님은 뭘 드세요?"

"스카치위스키."

"좋아요." 케니의 말투는 조지가 버터밀크를 마신다 해도 기꺼이 같은 것을 마실 듯하다. 조지가 바텐더를 부른다. 바텐더가 못

들은 척할 수 없도록 아주 크게 부르고 주문을 한다. 늘 약간 까다롭게 구는 바텐더는 케니에게 신분증을 보여달라고 한다. 신분증 확인이 끝난 뒤, 조지는 바텐더에게 딱딱하게 말한다. "지금쯤이면 내가 어떤 사람인지 알아야 하지 않아요? 정말 내가 미성년자에게 술을 사줄 멍청이로 보여요?"

바텐더가 무뚝뚝하게 대답한다. "저희는 확인해야 돼요." 바텐더는 돌아서서 가버린다. 조지는 맥없는 분노가 잠시 불끈하는 것을 느낀다. 바보 취급을 당하다니. 그것도 케니 앞에서.

술이 나오기를 기다리는 동안 조지가 묻는다. "여기까지 어떻게 왔어? 자동차를 몰고?"

"차 없어요. 로이스가 태워줬어요."

"로이스는 어디 있어?"

"집에 갔겠죠."

조지는 뭔가 이상하다고 느낀다. 그러나 무엇이 잘못되었든 케니는 상관하지 않는 것 같다. 케니가 모호하게 덧붙인다. "잠깐 돌아다니다가 집에 가는 것도 괜찮겠다 싶었어요."

"그렇지만 집에는 어떻게 돌아가려고?"

"아, 알아서 할게요."

(조지 안의 목소리가 말한다. 집에서 자고 가라고 해. 아침에 집까지 바래다주겠다고 해.

조지는 그 목소리에게 묻는다. 도대체 날 무엇으로 생각하는 거야?

목소리가 대답한다. 그냥 제안해본 거야.)

술이 나온다. 조지가 케니에게 말한다. "있지, 저쪽 구석 자리에 앉을까? 저 빌어먹을 텔레비전에 자꾸 눈길이 가네."

"좋아요."

조지는 생각한다. 이 젊은이가 조금만 덜 수동적이라면 **재미있겠어.** 그렇지만 너무 큰 욕심이지. 젊은이들의 방식에 맞춰서 행동해야 해. 아니면 전혀 맞추지 않거나. 테이블을 옮겨서 마주 앉은 뒤 조지가 말한다. "연필깎이 아직 가지고 있어." 그리고 주머니에서 연필깎이를 꺼낸 뒤 주사위인 양 테이블에 던진다.

케니가 웃는다. "저는 벌써 잃어버렸어요!"

이제 아마도 한시간이 흘렀다. 두 사람 다 취했다. 케니는 꽤, 조지는 심하게. 그래도 조지는 기분 좋게 취했고, 그런 일은 자주 있지 않다. 조지는 지금 이 취기가 어떤 것인지 스스로에게 설명하려고 애쓰고 있다. 아주 조야하게 말하면, 플라톤 같다. **대화** 같다. 두 사람 사이에 오가는 대화. 그렇다. 하지만 꼬치꼬치 따지고, 말을 꼬고, 이겨먹으려 든다는 의미로 플라톤의 대화 같은 것은 아니다. 짐짓 겸손한 척하면서 서로 헐뜯는 대결이 아니다. 지루한 주제를 놓고 벌이는 논쟁도 아니다. 무엇이든 이야기할 수 있고, 얼마든지 주제를 바꿀 수 있다. 사실, 정말 중요한 것은, 무슨 이야기를 하느냐가 아니라, 이 특정한 관계 속에 함께 들어 있는 것이다. 조지는 이런 대화를 여자와 나누는 것을 상상할 수 없다. 여자들은 사적인 언어로만 말하기 때문이다. 동년배인 남자는, 양극성이 있으면, 예를 들어 상대가 흑인이라면 된다. 대화 상대는 어떻든 서로 반대여야 한다. 왜? 이 경우인 **젊음**과 **연륜**처럼 상징적 인물이 되어야 하기 때문이다. 왜 상징적이 되어야 하나? 대화는 그 속성상 사적이지 않기 때문이다. 대화는 상징적 만남이다. 어느 편도 사적으로 연루시키지 않는다. 그래서 대화에서는, 전적으로 무엇이든 말할 수 있다. 더없이 깊은 신뢰나 가장 치명적 비밀이라도, 그저 은유나 예시로서 객관적인 말이 되고, 결코 대화하는 사람에게 해가 되게 이용될 수 없다.

조지는 이 모두를 케니에게 설명하고 싶다. 그러나 너무 복잡하며, 조지는 케니가 자신을 이해 못 한다는 것을 알게 될 위험을 무릅쓰고 싶지 않다. 무엇보다, 조지는 케니가 이해하기를 원하며, 이 대화가 결국 무엇에 관한 것인지 케니가 안다고 믿을 수 있기를 원한다. 그리고 정말이지, 이 순간, 케니가 **알고** 있을 가능성이 있는 것 같다. 조지는 두 사람을 둘러싸고 빛나는 대화의 전기장을 거의 느낄 수 있다. 확실히 **조지는** 빛나는 기분이다. 케니로 말하자면, 무척 아름답다. **라포르로 빛나는.** 조지가 케니를 묘사하기 위해 찾아낸 말이다. 케니에게서 빛나는 것은 유행하는 매력 그 무엇도, 단순한 지성도 아니다. 두 사람이 앉아 있다, 서로에게 미소를 보내며, 아, 그 훨씬 이상으로, 상호 이해로 정말 활짝 웃으며.

조지가 케니에게 명령조로 말한다. "말 좀 해봐."

"해야 해요?"

"응."

"무슨 말을 할까요?"

"뭐든. 바로 지금, 중요해 보이는 것 뭐든."

"그게 문제예요. 저는 뭐가 중요하고 뭐가 중요하지 않은지 모르겠어요. 제 머리가 쓸모없는 것들 때문에 멈춘 것 같아요. 아, 저한테 쓸모없는 것요."

"예를 들면?"

"있죠, 이건 선생님을 꼬집어서 말하는 건 아닌데요, 그런데, 저기, 학교 강의라는 게 —"

"그게 자네한테 쓸모없다고?"

"아이고, 선생님. 제가 선생님께 드리는 말씀이 아니라고 먼저 **이야기했잖아요.** 선생님 강의는 정말이지 다른 강의들에 비하면 훨씬 나아요. 모두 그렇게 생각해요. 선생님은 작품의 의미를 오늘날에 비춰서 생각하게 만드시잖아요. 그렇지만, 이건 선생님 잘못이 아니지만, 저희는 결국 늘 과거에 빠져서 꼼짝 못 하게 되는 것 같아요. 오늘 아침에도, 티토노스가 있었죠. 있죠, 과거를 헐뜯으려는 것은 아니에요. 뭐, 제가 나이를 먹으면 과거가 훨씬 더 중요해질지도 모르죠. 제가 하고 싶은 말은, 제 또래 애들한테는 과거가 아무 상관 없다는 거예요. 저희가 과거를 중요시한다고 말해도, 그건 그냥 예의상 하는 말이죠. 제가 보기에 그 이유는, 우리한테 아직 과거가 없기 때문이에요. 우리한테는 잊고 싶은 일만 있죠. 고등학교 때의 일이나 한심하게 군 일이나 ——"

"아, 좋아! 나도 이해할 수 있어. 자네들은 아직 과거가 필요 없지. 자네들한테는 현재가 있으니까."

"아, 현재는 정말 짜증나요! 저는 현재를 경멸해요. 지금 현실의 모습 말이에요. 아, 오늘밤은 예외죠, 당연히. 선생님, 왜 웃으세요?"

"오늘밤은 **씨**^{sí}! 현재는 —— **노**^{no}!$^{●}$" 조지의 목소리가 커진다. 술집 손님 몇몇이 고개를 돌려서 본다. "오늘밤을 위하여!" 조지는 흔쾌히 술을 마신다.

"오늘밤은 —— **씨**!" 케니도 웃으며 술을 마신다.

"좋아, 과거는 쓸모없다! 현재는 나쁘다! 인정해! 그래도 자네가 부인할 수 없는 게 있어. 자네는 미래에 붙잡혀 있잖아. 미래는 깔볼 수 없지."

"그런 것 같아요. 세상에 남은 것, 많지 않겠죠. 미사일들을 생각하면 ——"

"죽음."

"죽음요?"

"응, 제대로 들었군."

"무슨 말씀인지 모르겠어요. 설명해주세요."

"죽음이라고 말했어. 죽음을 많이 생각하냐고."

● 'sí'는 긍정의 답변, 'no'는 부정의 답변을 뜻하는 스페인어.

"아, 아뇨. 거의 안 하죠. 왜요?"

"미래. 미래에는 죽음이 있으니까."

"아, 그렇죠. 그래요. 선생님은 거기 요점을 두실 수도 있겠네요." 케니가 씩 웃는다. "그거 아세요? 우리 이전 세대가 우리보다 죽음을 더 많이 생각했을 수 있다는 거. 제 말은, 사람들이 집에서 애국자인 척할 때, 한심한 전쟁에 끌려가서 죽임을 당할 생각을 하던 애들은 분명히 엄청 화났을 거라는 뜻이에요. 그렇지만 이제 그렇지는 않을 겁니다. 그건 누구나 동감할 겁니다."

"그래도 나이 든 사람한테 화날 수 있잖아. 끝장나버리기 전에 그 사람들한테 충분한 시간이 있었다는 걸 생각하면 말이야."

"네, 맞아요. 화날 수 있어요. 안 되나요? 제가 화낼지도 모르죠. 선생님한테 화낼지도 모르죠."

"케니 ─ ".

"네, 선생님?"

"순전히 사회학적인 관심에서 묻는 건데, 왜 나한테 꼬박꼬박 선생님을 붙이지?"

케니가 놀리듯이 씩 웃는다. "붙이지 말라고 하시면 안 할게요."

"하지 말라고 말하지 않았어. 왜냐고 물었지."

"왜 싫어하세요? 모두 싫어하는 것 같지만."

"모두라니? 늙은 사람들 모두?" 조지는 감정이 상하지 않았다는 뜻의 미소를 짓는다. 그럼에도 불구하고 상징적인 관계가 과도해지기 시작하는 것을 느낀다. "뭐, 흔한 설명으로는, 우리 늙은이들은 새삼 늙었다는 사실을 확인받기 싫어하니까 ─ "

케니가 단호하게 고개를 가로젓는다. "아뇨."

"아니라니, 무슨 뜻이지?"

"선생님은 달라요."

"그건 칭찬인가?"

"어쩌면요…… 중요한 건 제가 '선생님'이라고 부르는 걸 **좋아한다**는 거죠."

"그래?"

"요즘은 무턱대고 친한 척하는데 그건 정말 가식이에요. 사람 사이에 아무 차이가 없는 척하다니. 선생님도 오늘 아침에 소수집단 이야기를 하면서 비슷한 말씀을 하셨잖아요. 선생님이랑 제가 전혀 다르지 않다면, 서로 뭘 줄 수 있겠어요? 어떻게 친구가 될 수 있겠어요?"

조지는 기뻐하며 생각한다. 이 아이는 정말 **이해**하는구나. "그렇지만 두 젊은이도 서로 친구가 될 수 있잖아. 그렇지?"

"그건 또다른 일이죠. 예, 젊은이끼리도 친구가 될 수 있죠. 어느정도는요. 그렇지만 경쟁이 있어요. 그게 걸림돌이죠. 젊은 사람들은 누구나 서로 경쟁 같은 것을 해요. 아시겠어요?"

"그래, 알 것 같아. 두 사람이 연인일 경우가 아닌 한."

"어쩌면 연인일 때조차 그럴지도 모르죠. 어쩌면 그래서 문제인 게 ─ " 케니가 갑자기 말을 멈춘다. 조지는 케니를 바라보며, 로이스에 대한 내밀한 이야기가 나오기를 기대한다. 그러나 그런 말은 나오지 않는다. 케니는 다른 생각의 꼬리를 붙잡고 있는 것 같다. 잠시 말없이 미소를 지은 채 앉아 있다가, 오, 정말로, 얼굴을 붉힌다! "엄청 이상하게 들리겠지만 —"

"괜찮아. 말해."

"가끔 이런 생각을 하곤 하는데, 아, 빅토리아 시대 소설을 읽을 때 말이에요, 그 시대에 살았으면 전 정말 살기 싫었을 거예요. 그렇지만 딱 하나 예외가 있어요. 아, 이런, 말 못 하겠어요!" 케니는 말을 멈추고 얼굴을 붉히며 웃는다.

"바보같이 굴지 말고 말해!"

"너무 한심한 이야기여서 말하면 끝장이에요! 어쨌든 — 저는 아버지한테 깍듯이 존댓말을 쓰는 시대에 살고 싶어요."

"아버님은 살아 계신가?"

"아, 그럼요."

"그럼, 존댓말을 쓰면 되잖아. 요즘도 아버지한테 꼬박꼬박 존댓말을 쓰는 젊은이들이 있던데."

"저희 집은 안 그래요. 아버지가 그런 걸 좋아하지 않아요. 게다가 집에 없어요. 재작년에 저희를 버리고 사라졌는데…… 맙소사!"

"왜 그래?"

"선생님이 어떻게 하셨길래 제가 이런 말까지 털어놓게 됐죠? 제가 취했나요?"

"나보다는 안 취했어."

"제가 맛이 간 것 같아요."

"있지, 영 마음에 걸리면, 방금 들은 이야기는 잊어버리자."

"**저는** 못 잊어요."

"아, 아니야. 잊을 수 있어. 내가 잊으라고 말하면, 잊게 돼."

"그럴까요?"

"그럼. 내가 장담하지!"

"뭐, 선생님이 그렇게까지 말씀하신다면, 네, 좋아요."

"좋습니다, **선생님.**"

"좋습니다, **선생님!**" 케니가 갑자기 환히 웃는다. 케니는 정말 즐거워하고 있다. 기뻐하는 자기 모습에 스스로도 당황할 정도다. "저기, 있죠, 여기 왔을 때, 오늘 선생님을 우연히 만날지도 모른다고 생각했거든요. 선생님께 여쭐 게 있었어요. 방금 그게 생각났는데 ―" 케니는 길게 한모금에 남은 술을 마저 마신다. "여쭙고 싶었던 건 경험에 관해서예요. 흔히 그러잖아요. 나이를 먹으면 경험이 쌓인다고. 그게 아주 대단한 거라고 하잖아요. 선생님은 어떻게 생각하세요? 정말 경험이 쓸모 있나요?"

"어떤 경험?"

"뭐, 다녀온 곳, 만난 사람. 이미 겪은 상황. 그래서 다시 그 상황에 마주칠 때 어떻게 처신해야 하는지 아는 것. 그런 것들요. 나이가 들었을 때 현명하게 만들어준다고 하는 그런 것들요."

"글쎄, 이렇게 이야기할 수 있을까. 다른 사람의 경우는 내가 이야기할 수도 없고, 내 경우에는, 무엇에도 전혀 현명해지지 않았어. 내가 이런저런 일들을 겪은 건 사실이지. 그런 일을 다시 마주하면, 혼잣말을 하겠지. '또 나타났군.' 그래도 도움은 안 되는 것 같아. 내 견해로는, 나 개인적으로는, 나는 계속 점점 더 철없고 또 철없고 또 철없어져. 그게 사실이야."

"설마요. 정말이세요, 선생님? 젊었을 때보다 철없다고요?"

"훨씬 훨씬 더 철없지."

"세상에나…… 그럼, 경험은 아무 쓸모도 없나요? 경험을 쌓은 뒤나 아무 일도 겪지 않았을 때나 마찬가지라는 말씀이세요?"

"아니, 그런 말은 아니야. 내 말은, 경험을 **활용**할 수 없다는 뜻일 뿐이야. 활용하려 하지만 않으면, 다시 말해서, 어떤 일에 마주해서 그대로 받아들이면, 그게 경이로울 수 있지 — "

"수영하러 가요." 케니는 그 모든 대화가 지겨운 듯이 불쑥 말한다.

"좋아."

케니가 고개를 뒤로 젖히며 크게 웃는다. "와, 굉장해요!"

"뭐가 굉장해?"

"수영하자는 말은 시험이었어요. 저는 철없다는 선생님 말이 허풍이라고 생각했거든요. 그래서 속으로 생각했죠. 이상한 행동을 하자고 제안해서, 선생님이 거절하면, 아니, 망설이기만 해도, 선생님 말이 허풍인지 알 수 있겠다고…… 이렇게 말씀드려도 기분 나쁘시지 않죠?"

"내가 왜 기분 나빠야 하지?"

"와, 굉장해요!"

"뭐, 내 말은 허풍이 아냐. 뭘 망설여? **자네도** 허풍이 아니잖아?"

"아, 아니죠!"

두 사람은 벌떡 일어선다. 돈을 낸다. 술집에서 나간다. 고속도로를 건넌다. 케니는 담장으로 쏜살처럼 달려가서 담장을 넘고 2.5미터 아래 해변으로 뛰어내린다. 한편 조지는 조금 뻣뻣하게 담장을 올라간다. 케니가 올려다본다. 얼굴이 가로등 불빛에 아직 빛난다. "선생님, 제 어깨에 발을 얹으세요." 조지는 취기에 쉬 남을 믿으며 그렇게 한다. 케니는 발레 무용수처럼 날래게 조지의 발목과 종아리를 잡고 거의 즉시 모래밭에 내려놓는다. 이 하강 동안 두 몸은, 잠시 거칠게, 서로 맞비벼진다. 대화의 전기장은 깨어진다. 그 관계는, 이제 무엇이건, 더이상 상징적이지는 않다. 두 사람은 돌아서서 바다로 달리기 시작한다.

전등들은 벌써 멀리, 저 멀리, 뒤로 보인다. 전등불이 밝지만 내뿜는 빛줄기는 전혀 없다. 높은 안개층에서 빛나고 있나보다. 앞의 파도는 간신히 보인다. 그 암흑은 엄청나게 차갑고 축축하다. 격한 탄성 같은 울부짖음과 함께 옷을 황급히 벗어던진다. 마지막으로 한방울 남은 조지의 조심성이 불빛과 순찰차와 경관이 올 가능성을 의식하지만, 조지는 망설이지 않는다, 더이상 망설일 수 없다. 술집부터 내달린 이 질주의 끝은 오직 바닷물이어야 한다. 조지는 서툴게 옷을 벗는다. 바지에 발이 걸려 넘어진다. 케니는 이제 완전히 벌거벗고, 달려 내려가서, 파도를 공격하는 용감한 원주민 전사처럼, 곧장 물속을 헤치고 들어간다. 저류가 아주

세다. 조지는 밀려드는 돌멩이들에 잠시 버둥거린다. 조지가 애써 나아가서 마침내 발밑에 모래를 느끼는 사이, 케니는 어둠속에서 파도를 타며 튀어나와, 조지에게 눈길도 주지 않고 휙 지나간다. 본연의 환경에 푹 빠진 바다 생물.

　조지에게는, 이 파도가 너무 높다. 정말 엄청나고, 높이 치솟는, 어둠에서 스스로를 펼치는 어둠, 신비롭게 굉장하게 반짝이고, 그러다가 둥글게 굽어서 천둥소리로 철썩 때리는, 인광을 반짝이는 포말. 조지의 온몸에서 인광이 반짝인다. 조지가 보석을 두른 자신을 발견하고 즐거이 웃는다. 웃고, 헐떡이고, 컥컥대고. 겁먹기에는 너무 취했다. 삼킨 짠물이 위스키만큼 취하게 하는 것 같다. 이따금 조지는 굉장한 케니의 모습을 눈결에 언뜻 본다. 무너지는 포말 절벽에 위에서 뛰어드는 케니. 그러다가 조지는 자신만의 정화 의식에 심취하여, 한번 더 비틀거리며 앞으로 나아가서, 양팔을 쫙 벌리고, 파도의 아름다운 세례를 받는다. 자신을 완전히 내맡기고, 씻어낸다, 생각, 말, 기분, 욕망, 모든 자아들, 온 생애. 거듭거듭 조지는 다시 시작한다. 그때마다 점점 더 깨끗해지고, 자유로워지고, 비워진다. 조지는 혼자서도 완벽하게 행복하다. 케니와 자신, 단둘만 이 환경을 공유하고 있음을 아는 것으로 충분하다. 파도와 밤과 소리가 두 사람의 유희만을 위해서 존재한다. 한편 이백 미터도 떨어지지 않은 곳에서는, 해안 불빛들이 빛나고 자동차들이 고속도로를 위아래로 휙휙 지나가며 긴 헤드라이트 불빛을 번득인다. 어두운 비탈에서는 창가에 놓인 스탠드들이 보인다.

그 메마른 집들에서 메마른 침대로 메마르게 가고 있는 메마른 사람들. 그러나 조지와 케니는 메마름에서 벗어난 망명자들이다. 옷을 벗어서 관세로 내고 국경을 넘어 물의 나라로 탈출했다.

그리고 이제, 갑자기, 거대한, 종말을 부를 듯 거대한 파도가 나타난다. 조지는 멀리, 머리도 거의 잠길 수심까지 나가 있다. 파도의 존재 앞에 아주 작게 알몸으로 서 있다. 그 노호하는 융기의 입술, 치솟은 낙하의 위험 아래. 조지는 그 파도로 뛰어들려 한다. 이번에조차 조지는 현실적인 두려움을 전혀 느끼지 않는다. 그러나 파도에 붙잡히고 들어 올려지고, 뒤집히고 뒤집히고 또 뒤집히고, 버둥거리며 수면을 향해 발을 찬다. 수면의 위치가 자신의 위인지 아래인지 옆인지, 조지는 더이상 알지 못한다.

그리고 이제 케니가 다리를 가누지 못하는 조지를 끌어내고 있다. 케니의 손은 조지의 겨드랑이 밑에 있고, 케니는 웃으며 유모처럼 말한다. "이제 그만하면 됐어요!" 조지는 여전히 물에 취한 채 우물우물 말한다. "나는 괜찮아." 그리고 다시 바다로 가려 한다. 그러나 케니가 말한다. "그렇지만 **제가** 안 괜찮아요. 저는 추워요." 그리고 유모처럼 조지를 닦아준다. 자기 셔츠로, 조지의 셔츠가 아닌. 조지가 등이 따가워서 그만하라고 할 때까지. 이 순간, 유모 아이 관계가 얼마나 그럴싸한지, 조지는 바로 여기서 몸을 웅크리고 곧장 잠들 수 있을 것 같다. 아이 크기로 줄어들어 케니의 큰 몸이 주는 안전 안에서. 케니의 몸은 물에서 나온 뒤로 거대하게 자란 듯 보인다. 케니의 모든 면이 실제보다 커 보인다. 환한 옷음에 드러난 하얀 이, 물을 뚝뚝 떨어뜨리고 있는 넓은 어깨, 길고 늘씬한 상체와 묵직하게 매달린 성기, 이제 부들부들 떨리기 시작하는 긴 다리.

케니가 묻는다. "선생님 댁에 가도 돼요?"

"당연하지. 달리 어디?"

케니는 조지의 말이 아주 재미있는 듯 되풀이한다. "달리 어디?" 케니가 옷가지를 집고, 아직도 벌거벗은 채 고속도로와 가로등이 있는 곳으로 몸을 돌린다.

조지가 케니의 등에 대고 소리친다. "미쳤어?"

"왜요?" 케니가 씩 웃으며 돌아본다.

"그렇게 하고 집까지 걸어가려고? 미쳤어? 경찰에 신고당해!"

케니는 명랑하게 어깨를 으쓱한다. "우리 모습은 아무도 못 봐요. 우리는 투명인간이에요. 모르셨어요?"

그래도 케니는 이제 옷을 입고 있다. 조지도 옷을 입는다. 다시 위로 올라가기 시작하면서, 케니는 조지의 어깨에 팔을 두른다. "선생님, 그거 아세요? 선생님은 절대 혼자 밖에 나오시면 안 돼요. 선생님은 심각한 곤경에 처하시기 쉬워요."

집까지 걸어가는 동안 조지는 술이 깨서 꽤 많이 정신을 차린다. 집에 다다를 즈음, 조지는 더이상 자신과 케니를 야생의 바다 생물로 보지 않게 된다. 머리카락이 젖은 늙은 교수가 흠뻑 젖은 학생을 한밤중에 집으로 데려가는 것으로 본다. 조지는 자기 모습을 의식하며 거의 퉁명스럽다. "욕실은 위층에 있어. 수건 가져올게."

케니도 그 격식에 즉시 반응한다. "선생님도 샤워를 하셔야죠?" 공손한, 조금 실망한 목소리다.

"나는 나중에 하면 돼…… 옷을 빌려주고 싶지만, 맞는 옷이 없겠어. 히터에 옷이 마를 때까지 담요를 두르고 있어. 다 마르려면 오래 걸리겠지만, 달리 방법이 없네."

"저, 선생님, 폐를 끼치고 싶지 않습니다. 지금 가면 안 될까요?"

"바보 같은 소리 마. 그러다가 폐렴에 걸려."

"옷은 입고 있으면 마르겠죠. 괜찮습니다."

"터무니없는 소리! 따라와. 어디에 뭐가 있는지 알려줄게."

조지가 케니를 못 가게 막자, 케니는 즐거워하는 것 같다. 어쨌든 케니는 샤워를 하면서 상당히 시끄럽다. 노랫소리보다는 고함에 가깝다. 조지는 생각한다. 저 소리에 이웃들이 잠에서 깰지도 모르겠군. 그렇지만 무슨 상관이야? 조지의 기운이 되살아난다. 들뜨고 즐겁고 활기차다. 조지는 침실에서 재빨리 옷을 벗고, 타월 천으로 된 두툼한 흰색 목욕 가운을 입는다. 다시 아래층으로 서둘러 내려가서, 주전자를 불에 올리고, 호밀 빵에 참치와 토마토를 넣어서 샌드위치를 만든다. 케니가 내려올 즈음에는, 음식이 다 완성되어서 거실 쟁반에 놓여 있다. 케니는 담요를, 난파선에서 구조된 사람들이 두르는 식으로, 어설프게 둘렀다.

케니는 커피나 홍차는 싫고 맥주를 마시겠다고 말한다. 조지는 아이스박스에서 맥주 캔 하나를 꺼내고, 자기 걸로는 현명하지 못하게도 스카치위스키를 잔에 가득 따른다. 거실로 돌아오니, 케니가 매료된 듯 둘러보고 있다.

"선생님, 여기서 혼자 사세요?"

"응." 조지는 그렇게 대답한 뒤 비꼬는 분위기로 덧붙인다. "혼자라서 놀랐나?"

"아뇨, 학교에서 누가 그랬어요. 선생님은 혼자 사실 거라고요."

"사실, 같이 살던 친구가 있었어."

그러나 케니는 그 친구에 대해서는 전혀 호기심을 보이지 않는다. "고양이나 개나 뭐라도 안 키우세요?"

"키워야 한다고 생각해?" 되묻는 조지의 목소리가 조금 공격적이다. 조지는 케니가 '이 불쌍한 늙은이에게는 사랑할 대상이 전혀 없구나'라고 생각한다고 생각한다.

"아니, 아닙니다! 보들레르가 말하지 않았나요? 애완동물은 악마로 변해서 주인의 삶을 점령한다고?"

"그 비슷한 말을 했지…… 그렇지만 내 친구는 애완동물을 아주 많이 키웠는데, 그 애완동물들이 **우리 삶을** 점령했던 같지는 않아…… 물론 둘이 함께일 때에는 다르지. 우리는 자주 동의하곤 했는데, 둘 중 한 사람이 없으면 동물을 키우고 싶지 않을 거라고—"

아니다. 케니는 이런 일에는 전혀 관심이 없다. 정말로, 케니는 쌘드위치를 한입 가득 입에 넣는 데에 열중해 있다. 그래서 조지는 케니에게 묻는다. "맛이 괜찮은가?"

"그럼요!" 케니는 쌘드위치가 꽉 찬 입으로 씩 웃고, 삼킨 뒤 덧붙인다. "그거 아세요, 선생님? 선생님은 완벽한 인생의 비밀을 찾아내셨어요! 저는 그렇게 확신해요."

"내가?" 조지는 방금 스카치위스키를 사분의 일쯤 꿀꺽 삼킨 터였다. 짐과 동물들 이야기를 할 때 일어나기 시작한 경련을 가라앉히기 위해서였다. 이제 술기운이 다시 확 밀려온다. 기운이 솟기는 하지만, 너무 급히 몰려온다.

"제 또래 아이들 중에 선생님 집 같은 환경을 갖고 싶은 아이가 얼마나 많은지 모르시죠. 더 바랄 게 없잖아요? 누구 명령도 받을 필요 없잖아요. 머릿속에 떠오르는 일이면 아무리 이상한 일이라도 다 할 수 있잖아요."

"그게 자네가 생각하는 완벽한 인생인가?"

"그럼요!"

"정말?"

"선생님, 왜 그러세요? 제 말을 못 믿으세요?"

"내가 이해 못 하는 건, 자네가 그렇게 혼자 살고 싶다면, 로이스는 어쩌지?"

"로이스요? 로이스 이야기가 여기서 왜 나오죠?"

"있지, 케니, 참견하려는 건 아니지만, 맞는지 틀리는지 모르지만, 내가 보기에는 자네와 로이스가, 음, 그러니까—"

"결혼요? 아뇨. 아녜요."

"그래?"

"로이스는 백인이랑 결혼 안 한대요. 미국 사람을 진지하게 생각할 수 없대요. 미국에서 벌어지는 일은 뭐든 아무 **의미가** 없대요. 일본으로 돌아가서 교사가 되겠대요."

"그렇지만 로이스도 미국 시민이잖아."

"아, 그럼요. 일본인 2세죠. 그렇지만 전쟁 시작 직후에 가족 전체가 씨에라네바다에 있는 적국인 수용소에 갇혔어요. 로이스 아버지는 운영하던 상점을 헐값에 팔아야 했어요. 사실 거의 빼앗긴 거죠. 진주만 공격에 복수해야 한다고 떠벌이면서 일본인 재산을 모조리 긁어먹던 거머리들이 있었죠. 당시 로이스는 어린아이였지만, 어느 누가 그런 일을 쉽게 잊겠어요? 로이스 말로는, 모두 적국인 취급을 받았대요. 어느 편인지 요만큼이라도 신경 쓰는 사람은 아무도 없었대요. 잘 대해준 사람은 흑인들뿐이었대요. 반전주의자 몇몇이랑. 세상에, 로이스가 미국을 증오한다고 해도 이상한 일이 아니죠! 실제로 로이스가 그런다는 건 아니지만요. 로이스는 늘 어떤 일에서도 재미있는 면을 찾아내는 능력을 가진 것 같아요."

"자네는 로이스를 어떻게 생각하나?"

"아, 많이 좋아하죠."

"로이스도 자네를 좋아하지?"

"그런 것 같아요. 예, 그래요. 저를 많이 좋아해요."

"그런데 로이스와 결혼을 **원하지** 않고?"

"아, 아뇨. 하고 싶어요. 로이스가 태도를 바꾸면요. 그렇지만 바뀔 것 같지 않아요. 어쨌든 상대가 누구든 결혼이 급하지는 않아요. 하고 싶은 일이 많아요. 우선 ─" 케니는 말을 멈추고 조지를 바라보며, 최고로 놀리는, 꿰뚫어보는 웃음을 짓는다. "선생님, 제가 무슨 생각하게요?"

"무슨 생각 하는데?"

"선생님은 제가 로이스와 결혼할지 말지에 관심이 있는 게 아니죠? 저한테 다른 걸 물어보고 싶으시죠? 그런데 제가 그 말을 어떻게 받아들일지 몰라서 망설이시죠?"

"내가 자네에게 뭘 묻고 싶을까?"

분명히 유혹하는 분위기가 되고 있다. 서로. 케니의 담요가, 대화와 맥주로 편안해진 영향으로, 흘러내려서 한쪽 팔과 어깨를 드러내며, 어느 철학자의 젊은, 애제자임이 틀림없는 제자가 입은 그리스 고전 의상 클라미스가 된다. 이 순간, 케니는 몹시, 위험하게, 아름답다.

"선생님은 로이스와 제가, 음, 잠자리를 하는지 알고 싶으시죠?"

"아, 잠자리를 하나?"

케니는 의기양양하게 웃는다. "제 말이 맞죠!"

"그럴 수도 있고, 아닐 수도 있고…… 잠자리를 하나?"

"했어요. 한번."

"왜 한번뿐이야?"

"얼마 안 됐어요. 모텔에 갔어요. 해변에 있는. 사실, 여기서 꽤 가까워요."

"오늘 이쪽으로 차를 타고 온 것도 그 때문인가?"

"예, 어느정도는요. 로이스한테 모텔에 또 가자고 말하려고 했죠."

"그래서 말다툼했고?"

"말다툼했다는 말은 없었는데요?"

"로이스 혼자서 차를 몰고 갔다면서?"

"아, 그건…… 아녜요, 선생님 말씀이 맞아요. 로이스가 가기 싫댔어요. 처음에도 그 모텔이 싫다고 했으니, 로이스 잘못은 아니죠. 프런트데스크, 안내원, 숙박계, 모텔에서 겪어야 하는 것들 전부요. 게다가 모텔 사람들이 뻔히 다 알잖아요…… 그러다보니, 그게 너무 이상하고 심각한 일이 되는 거예요. 큰 죄를 짓는 것 같고. 사람들 시선은 어떻고요! 여자들은 그런 것들에 훨씬 더 신경을 쓰니까—"

"그래서 로이스가 이제 아예 안 하겠대?"

"아, 아뇨. 그 정도는 아니에요! 로이스가 그걸 싫어하는 건 아니에요. 아예 싫어하는 건 아니죠. 사실, 로이스는 확실히—뭐, 어쨌든…… 해결책을 찾을 수 있을 것 같아요. 두고 봐야죠—"

"그 모텔처럼 공공연하고 민망한 곳이 아닌 다른 장소를 찾겠다는 뜻인가?"

"그러면 확실히 큰 도움이 되겠죠." 케니가 씩 웃고, 하품하고,

기지개를 켠다. 클라미스가 다른 어깨에서도 흘러내린다. 케니는 일어서면서 양 어깨를 덮는다. 클라미스는 다시 담요가 되고 케니는 우스꽝스럽게 옷이 없어서 오도 가도 못하게 된, 껑충한 20세기 미국 청년이 된다. "선생님, 시간이 너무 늦었어요. 저는 이만 가겠습니다."

"어디로 가는지 물어보면 실례인가?"

"뭐, 시내로 가야죠."

"어떻게?"

"버스를 탈 수 있지 않을까요?"

"최소한 두시간은 더 지나야 버스가 다니기 시작할 텐데."

"두시간이면 —"

"여기서 자고 가지? 내일 내가 바래다줄게."

"글쎄 저는 —"

"이제 술집도 문을 닫았으니 이 어두운 시각에 동네를 돌아다니면, 경찰이 검문을 할 거야. 미안한 이야기지만, 자네가 딱히 맨 정신도 아니니까, 경찰에 체포될 수도 있어."

"선생님, 저는 정말이지 괜찮을 겁니다."

"내가 보기에는 제정신이 아닌 것 같아. 어쨌든 그 일은 다시 의논하지…… 우선, 앉아. 할 이야기가 있어."

케니는 더이상 말대꾸하지 않고 순순히 앉는다. 케니도 조지의 다음 말이 궁금한가보다.

"자, 지금부터 내가 하는 말을 귀담아들어. 이제부터 어떤 사실

하나를 간단하게 설명할게. 몇가지일 수도 있고. 자네는 그냥 듣기만 해. 자네랑 전혀 상관없는 일이라고 치부해도 괜찮아. 무슨 말인지 알겠지?"

"예, 선생님."

"여기서 가까운 곳에 사는 여자가 있어. 나랑 아주 친한 친구야. 우리는 일주일에 최소한 한번은 같이 저녁을 먹어. 더 자주 만날 때가 많지. 사실, 우리는 오늘도 같이 저녁을 먹었어. 뭐, 그 친구는 내가 언제 가든 상관하지 않아. 그래서 지금 내가 결심한 게 있는데, 명심해, 자네하고 **반드시** 상관 있는 일이라고 할 수는 없어, 이제부터는 그 친구 집에 가서 저녁을 먹는 요일을 정해두려 해. **변함없이 일정한 요일에** 가는 거야. 오늘밤이 그날이야…… 무슨 말인지 알겠지? 아니, 대답은 하지 마. 그냥 계속 듣기만 해. 지금부터 이야기의 핵심이 나올 테니까…… 나는 그 친구 집에서 저녁을 먹으면, **어떤 상황에서도, 절대로,** 자정 전에 이 집으로 돌아오지 않아. 알겠지? 아니, 그냥 들어! 나는 이 집을 절대 잠그지 않아. 누구라도 마음만 먹으면 유리문을 깨고 들어올 수 있으니까 잠글 필요도 없지. 위층 서재에 있는 소파 겸 침대를 봤지? 나는 거기에 늘 깨끗한 시트를 깔아둬. 그럴 일은 거의 없지만, 갑자기 손님이 올 경우에 대비한 거지. 예를 들어서 오늘밤 자네처럼…… 아니, 귀담아들어! 내가 없는 동안 누가 그 침대를 써도, 쓴 다음에 잘 정리만 해두면, 나는 전혀 눈치 못 챌 거야. 우리 집을 청소하는 아주머니는 그냥 시트를 빼서 세탁소로 가져가겠지. 우리 집에 손님이 다녀갔는데 내가 자기한테 이야기하지 않은 줄 알겠지…… 그래! 나는 결심했고, 이제 자네한테 털어놓았어. 요일을 정해서 일주일에 한번 정원에 물을 주기로 결심했다는 이야기나 다름없어. 이 집에 대한 사실도 몇가지 내가 들려줬지. 메모해도 괜찮아. 아니면, 잊어버려도 괜찮아. 이게 다야."

조지는 케니를 빤히 바라본다. 케니는 희미하게 미소를 짓는다. 그러나 케니는, 그렇다, 아주 약간, 부끄러워한다.

"자, 술 좀 더 가져올래?"

"예, 선생님." 케니는 눈에 띄게 열의에 차서 일어선다. 긴장에서 벗어나 기쁜 것 같다. 조지의 잔을 집어서 주방으로 간다. 조지가 케니에게 소리친다. "자네 것도 가져와!"

케니가 구석에서 고개를 내밀고 씩 웃는다. "선생님, 명령인가요?"

"두말하면 잔소리지!"

"나를 추잡한 노인네라고 생각하고 있지?"

케니가 주방에서 술을 가져오는 동안, 조지는 자신이 새로운 국면으로 들어서는 것을 느꼈다. 이제 자리에 앉는 케니의 앞에 있는 사람은, 케니 자신은 아직 깨달을 수 없지만, 달라진 조지다. 말 뒤에 악의를 숨기고 낮지만 명확한 목소리로 말하는 만만찮은 조지. 재판정에 앉아서 이제 막 선고를 내리려 하는 심문관 조지. 금 방이라도 자신의 입을 통해 신탁을 전할 예언자 조지.

스타보드 싸이드에서 술에 취했을 때와 전혀 다르다. 케니와 조지는 이제 더이상 상징적인 대화의 관계에 있지 않다. 소통의 이 새로운 국면은 훨씬 직접적이다. 그러나 역설적이게도, 케니는 가까워지지 않고 더 멀어진 것 같다. 전기장의 영향력 한계 더 너머로 멀리 물러났다. 사실, 조지는 케니를 이따금씩만 명확히 볼 수 있을 뿐이다. 거실 안이 눈부시게 밝아졌고, 케니의 얼굴이 그 밝은 빛에 계속 흐릿해지기 때문이다. 또, 조지의 귀에 윙윙거리는 소리도 크게 들린다. 어찌나 큰지 조지는 케니가 대답을 했는지도 확신할 수 없다.

조지가 케니에게 말한다. "자네는 아무 말 안 해도 돼."(이 말로 케니의 말을 못 알아들을 가능성에도 대비한다.) "그래, 나도 인정해. 이런, 맙소사, 정말로 인정해. **나는** 추잡한 늙은이야. 늙은이의 99퍼센트는 추잡하지. 맞아. 그런 말을 쓰고 싶다면, 그런 진부함을 고집한다면 말이지. 내가 이의를 제기하는 건 자네가 나를 칭한 단어가 아니야. 내가 이의를 제기하는 건 태도지. 그리고 내가 이러는 건 오로지 자네를 위해서야. 나를 위해서가 아니야 —

있지, 안 그래도, 요즘 세상은 어쨌든 정말 형편없어. 안 그래도, 우리는 의미론적으로든 어떤 면으로든 정말 엉망진창 속에 살고 있어. 굳이 우리까지 이 진부한 범주들에 말려들어야 해? 그러니까, 도대체 인생이 뭘 **위한** 거야? 미술관에 있는 관광객들처럼 카

탈로그로 서로를 식별하는 데에 인생을 소비해야 할까? 아니면, 너무 늦기 전에, 아무리 왜곡된 것이라도, **어떤** 신호를 주고받으려고 애써야 할까? 이 말에는 대답을 **해!**

자네 젊은이들은 캠퍼스에서 나한테 와서 내가 비밀스럽다고 말하는 게 아무렇지도 않고 쉽겠지. 세상에나, **비밀스럽다니!** 생각이 거기까지밖에 못 미치나? 내가 얼마나 **대화를** 간절히 바라는지 희미하게라도 알아챌 수 없나?

자네가 경험을 물었지. 그래서 내가 말했어. 경험은 아무 **쓸모가** 없다고. 그래도, 꽤 다른 방식으로는, **있을 수** 있어. 단, 우리가 이렇게 온통 비참한 바보와 내숭쟁이와 겁쟁이가 아니어야 해. 그래, 자네도 마찬가지야. 그 사실을 부정할 생각은 하지도 마! 방금 말한 거, 서재 침대 얘기, 자네는 충격을 받았지. 자네는 충격을 받기로 작정했기 때문이야. 자네는 내가 무슨 동기로 말했는지 이해하려는 시도조차 안 했어. 맙소사, **모르겠나?** 그 침대, 그 침대가 **뜻하는** 것, 그게 바로 **경험이야!**

아, 뭐, 자네를 비난하는 건 아냐. 자네가 **이해했다면** 그게 기적이지. 신경 쓰지 마. 잊어버려. 내가 여기 있고, 자네가 여기 있어. 그 빌어먹을 담요를 뒤집어쓰고. 제발, 당장 그 담요 좀 벗지그래? 왜 그런 말을 했느냐고? 그걸 말하면, 그 말도 오해하려고? 뭐, 오해하든 말든 난 상관 안 해. 중요한 건, 내가 여기 있고, 자네도 여기 있다는 거야. 그리고 이번만은 우리를 방해할 사람이 아무도 없다는 거야. 이런 일은 다시 일어나지 않겠지. 정말 말 그대로야!

그리고 시간은 **절망적으로** 짧아. 좋아, 이제 툭 까놓고 말하지. 자네는 왜 지금 이 순간 이 공간에 있을까? **자네가 나한테서 듣고 싶은 말이 있기 때문이지!** 자네가 오늘밤 그 먼 길을 지나서 도시 반대쪽까지 온 진짜 이유는 바로 그거야. 자네 스스로는 정말로 믿고 있을 수도 있지, 로이스를 침대에 데려가려고 왔다고. 뭐랄까, 로이스를 나쁘게 말하려는 건 절대 아냐. 로이스는 정말로 아름다운 천사야. 그렇지만 자네는 추잡한 늙은이를 속일 수 없어. 추잡한 늙은이는 '풋풋한 사랑'에 감상적이지 않거든. 그 가치를 정확히 알고 있지. 대단하지. 그렇지만 전부는 아냐. 아니, 케니 군, 자네가 오늘 저녁에 여기 온 이유는, 자네가 깨달았건 아니건, **나를 만나기 위해서야.** 자네는 한구석으로는 로이스가 모텔에 다시 가지 않겠다고 할 것을 잘 알고 있었어. 또, 그러면 로이스를 집에 보내고 여기서 오도 가도 못하게 될 핑계를 얻을 것도 알고 있었어. 불쌍한 로이스는 지금, 그 모든 걸 후회하겠지. 그리고 베개에 얼굴을 묻고 울고 있을 거야. 자네는 로이스를 다시 만나면 아주 잘해줄 거고 ─

아, 요점에서 벗어났네. 요점은, 자네는 정말 **중요한** 무엇을 나한테 물으려고 왔다는 거야. 그런데 왜 그걸 부끄러워하고 부인하지? 있지, 나는 자네를 속속들이 다 알아. 자네가 원하는 걸 **정확히** 알아. 자네는 **내가 알고 있는 것을** 내 입으로 듣고 싶지?

아, 케니, 케니, 정말이야, 내가 그보다 더 하고 싶은 일은 없어! 나도 **무진장** 자네한테 말하고 싶어. 그렇지만 못해. 정말이지 말

그대로, 못해. 모르겠어? **내가 알고 있는 것 모두가 나의 지금 모습으로 존재하고 있어.** 그건 내가 자네에게 들려줄 수 없어. 자네가 직접 알아내야 해. 나는 자네가 읽어야 할 책이야. 책이 스스로 말할 수는 없지 않나? 책은 자기 안에 적힌 내용이 무엇인지도 모르지. 나도 내 안에 든 내용이 무엇인지 몰라—

자네는 내가 무엇인지 알 수 있었어. 그럴 수 있었지. 그러나 알려고 애쓰지 않았어. 있지, 나는 학생이 나를 알 수 있다고 생각한 적이 없어. 그렇지만 자네만 정말로 예외였어. 그래서 이렇게 무익한 결과가 더더욱 비극으로 느껴지네. 자네는 나를 알려고 하지 **않고, 추잡한 늙은이**라는 변명도 통하지 않을 시시한 말을 했어. 자네의 젊은 날에서 가장 소중하고 못 잊을 밤이 될 수 있었을 이 밤을 한갓 **지분거림**으로 만들고 말았어! 자네는 지분거리다라는 단어를 좋아하지 않지? 그렇지만 바로 그 단어야. 그게 바로 오늘날 온갖 것이 지닌 거대한 비극이지. 지분거림. 속된 말을 써서 미안하지만, 빠구리 대신 지분거림. 자네가 하는 일은 모두 지분거림이야. 담요를 뒤집어쓴 채 한쪽 어깨를 드러내고, 모텔을 불평하고. 그러면서도 한가지는 놓치고 있어. 케니 군, 지금 이 말은 결코 가볍게 하는 말이 아니야. **자네 인생 전체를 바꿀지도** 모를 한가지는—"

순간, 케니의 얼굴이 아주 뚜렷해진다. 눈부시게 웃고 있다. 그러다가 그 웃음이 가신다. 그리고 무지갯빛으로 굴절된다. 아니, 굴절 아닌 무엇이라 표현해도 좋다. 무지개가 눈부시게 빛난다.

조지는 그 빛에 앞을 볼 수 없다. 눈을 감는다. 이제 귀에서 윙윙거리는 소리는 나이아가라 폭포의 굉음이 된다.

삼십분, 한시간, 그리고 조금 뒤 — 어쨌든 그리 오래 뒤는 아니다 — 조지가 눈을 깜박이며 잠에서 깬다.

아직 밤이다. 어둡다. 따뜻하다. 침대. **내가 침대에 있다니!** 조지는 팔꿈치를 대고 윗몸을 일으킨다. 침대 옆 스탠드를 켠다. 스탠드를 켜려 내민 손, 팔에 감긴 소매, 파자마 소매. **내가 파자마를 입고 있다니! 왜? 어떻게?**

그 아이는 어디 있지?

조지가 비틀비틀 침대에서 나온다. 어지럽다. 속이 조금 울렁거린다. 놀라서 잠은 확 달아난다. 서재를 엿볼 태세다. 아니, 기다려. 스탠드 옆에 쪽지가 있잖아.

어쨌든 저는 이만 돌아가는 게 좋겠습니다. 저는 밤에 돌아다니는 걸 좋아합니다. 경찰에 붙잡혀도 선생님 댁에 있었다는 말은 절대 하지 않겠습니다! 경찰이 제 팔을 비틀어도 절대 하지 않겠습니다!

오늘밤은 정말 즐거웠습니다. 다음에 또 이런 시간을 가질 수 있겠죠? 아니, 선생님은 반복되는 일을 기대하지 않으실지도 모르겠네요.

선생님이 입으시던 파자마는 못 찾았어요. 그래서 서랍장에서 새 파자마를 꺼냈습니다. 혹시 아무것도 안 입고 주무시나요? 그래도 그렇게 주무시게 둘 수는 없죠. 폐렴에 걸리시면 안 되잖아요. 그렇죠?

모두 다 고맙습니다.
케니

조지는 침대에 걸터앉아서 쪽지를 읽는다. 그런 뒤, 조금 거칠게, 중요하지 않은 보고서를 흘깃 본 장군처럼, 쪽지를 바닥에 떨어뜨리고, 일어서서, 욕실로 가서, 방광을 비우고, 거울에는 눈길도 주지 않고, 불조차 켜지 않고, 침대로 돌아와서, 누워서, 스탠드를 끈다.

조지의 마음속 목소리가 말한다. 어린것이 나를 가지고 놀다니. 그러나 그 목소리에 싫은 기색은 전혀 없다. 케니가 자고 가지 않은 것이 오히려 다행스럽다.

그러나 어둠속에 누워 있어도 잠들지 못한다. 사타구니의 피와 신경이 움찔거린다. 술기운이 저 아래에서 조지를 괴롭힌다.

어둠속에 누운 채 조지는 케니와 로이스를 떠올린다. 차를 타고 녹나뭇길로 와서, 이웃의 눈에 띄지 않도록 멀찌감치 떨어진 곳에 차를 세우고, 남몰래 서둘러 다리를 건너고, 문을 열고 ― 낄낄

거리며 문이 **빡빡**하다고 말하는 로이스 ── 거실 가구에 몸을 부딪고 ── 조심하라고 말하는 일본인의 작은 목소리 ── 불을 켜지 않고 발끝으로 계단을 올라가고 ──

아니, 제대로 될 수 없다. 조지는 몇번이나 애쓰지만, 로이스가 이 계단을 오르는 모습을 떠올릴 수 없다. 조지가 로이스를 계단으로 오르게 하려 할 때마다 로이스의 모습은 사라진다. (그리고 이제 조지는 더없이 확실히 안다. 케니가 로이스를 이 집에 들어오는 데까지도 설득하지 못할 것을.)

그러나 이미 놀이는 시작되었고, 조지는 멈출 생각이 없다. 케니에게는 파트너가 있어야 한다. 그래서 조지는 로이스를 작고 섹시한 금빛 고양이, 즉, 테니스를 치던 그 멕시코 학생으로 바꾼다. **그 남학생을** 계단 위로 올리는 데에는 아무 어려움도 없다! 케니와 그 남학생은 이제 서재에 함께 있다. 바닥에 떨어지는 벨트 소리가 조지의 귀에 들린다. 두 남학생이 옷을 벗고 있다.

조지의 아랫도리로 피가 쏠린다. 점점 부풀던 살은 갑자기 뜨겁게 딱딱해진다. 파자마가 바닥에 내던져진다.

케니가 멕시코 학생에게 속삭이는 소리가 들린다. **이리 와!** 조지는 보이지 않는 존재가 되어서 서재로 들어간다. 두 남학생은 이제 막 같이 누우려 하고 있고 ──

아니, 이것도 제대로 될 수 없다. 조지는 케니의 태도가 마음에 들지 않는다. 케니는 진지하게 욕정을 대하지 않고 있으며 낄낄 웃기 직전이다. 얼른, 인물을 바꿔야 해! 조지는 황급히 케니를 테니스장에서 본 커다란 금발 남학생으로 바꾼다. 아, 훨씬 낫군! 완벽해! 이제 두 남학생은 서로 껴안을 수 있다. 이제 격렬하고 뜨거운 동물적인 놀이가 시작될 수 있어. 조지는 두 남학생 위를 떠돌며 지켜본다. 그리고 헐떡이며 꼬물거리는 두 육체에 들락거린다. 조지는 둘 중 하나다. 동시에 두 사람이다. 아, 정말 좋아! 아, 아……!

조지의 마음속 목소리가 말한다. 이 늙은 천치. 그러나 조지는 부끄러워하지 않는다. 기대보다 훨씬 큰 고깃덩어리를 다 먹어치운 탐욕스러운 늙은 개처럼, 이제 땀에 젖고 늘어진 몸에 조지는 관대하고 기분 좋게 말한다. 자, 이제 우리를 잠들게 해줄 테지? 조지의 손은 베개 아래에서 수건을 더듬더듬 찾는다. 그리고 배를 닦는다.

잠이 홀가분하게 밀려오는 동안, 조지는 스스로에게 묻는다. 월요일 강의 때 케니와 눈을 맞춰도 괜찮을까?

아니야. 절대 안 돼. 케니가 로이스에게 말했을지 몰라. (말하지 않았을 것 같지만.) 내가 옷을 벗기고 침대에 뉘였어. 선생님이 엄청나게 취했어. 수영한 것도 이야기했을지 모르지. 바닷물 속에 있는 선생님을 봤어야 해. 어린애처럼 난리였다니까! 내가 말했지. 선생님은 혼자 나오시면 안 된다고.

조지는 미소를 짓는다. 충만한 자기만족의 미소. 그래, 나는 **미쳤어**. 그게 나의 비밀이고, 나의 힘이지.

그리고 이제 더 미칠 작정이야. 조지는 선언한다. 모두 나를 지켜봐! 그거 알아? 크리스마스에 멕시코로 날아가겠어! 못 믿겠다고? 아침에 일어나자마자 예약부터 하겠어!

조지는 미소를 계속 지은 채 잠든다.

그뒤, 부분적인 떠오름. 시트를 덮은 물의 고요는 깨트리지 않는, 부분적인 드러남. 조지의 대부분은 여전히 잠 속에 잠겨 있다.

간신히 다 잠기지는 않은 채, 베개 위에 놓인 두개골 속 뇌는 낮과는 달리 흐릿하게 활동한다. 지금은 결정을 내릴 수 없다. 그러나 결정을 내릴 수 없기 때문에 더욱, 이 상태에서, 아직 내려지지 않은 결정들을 잘 인식할 수 있다. 남몰래 서명하고 공증을 받고 실행될 날까지 아주 은밀한 곳에 숨긴 유언장 같은 결정들.

낮에는 이런 결정들을 내린 자의 존재조차 의문시할지 모른다. 그러나 아침에는 그 대답들도 기억하지 못하리라.

케니가 겁먹고 달아난 것이면 어쩌지? 케니가 다시 오지 않으면 어쩌지?

케니는 그냥 그렇게 살게 두자. 조지에게는 케니가, 아니, 이런 젊은이 누구라도, 필요 없다. 조지는 아들을 원하는 것이 아니다.

샬럿이 영국으로 돌아가면 어쩌지?

샬럿 없이 살아야 할 상황이라면, 없이도 살아갈 수 있다. 조지에게는 여동생이 필요 없다.

조지가 영국으로 돌아갈까?

아니. 여기서 계속 살리라.

짐 때문에?

아니. 짐은 이제 과거다. 조지에게는 아무 소용 없다, 더는.

그렇지만 조지는 짐을 그토록 생생히 기억하잖아.

조지 스스로가 기억하려 애쓰고 있을 뿐이다. 잊기가 두렵기 때문이다. 조지가 말한다. 짐은 내 삶이야. 그러나 조지가 계속 살아가고자 한다면, 잊어야 한다. 짐은 **죽음**이다.

그렇다면 조지는 왜 여기서 계속 살까?

여기가 짐을 만난 곳이니까. 여기서 새로운 짐을 찾게 되리라고 믿고 있으니까. 조지 자신은 모르고 있지만, 조지는 이미 찾기 시작했다.

조지는 왜 새로운 짐을 찾을 수 있다고 믿을까?

찾아야 한다는 것만 알 뿐이다. 꼭 찾아야 하니까 찾을 수 있다고 믿고 있다.

그러나 조지는 점점 늙는다. 조만간 너무 늦은 때가 찾아오지 않을까?

조지에게 그런 말을 절대 쓰지 마라. 조지는 듣지도 않을 테니. 들으려 하지도 않을 테니. 빌어먹을 미래. 미래는 케니를 비롯한 젊은 애들이나 가지라고 해. 샬럿은 과거나 가지라고 해. 조지는 현재만 끌어안는다. 현재에 조지는 새로운 짐을 찾아야 한다. 현재에 조지는 사랑을 해야 한다. 현재에 조지는 살아야 한다 ─

우리는 여기, 조지의 몸이라 알려진 몸을 보고 있다. 침대에 누워서 꽤 크게 코를 골며 잠든 몸. 눅눅한 바다 공기가 코곁굴에 영향을 미친다. 어쨌든 술을 마신 뒤에는 특히 더 크게 코를 곤다. 짐은 조지의 몸을 발로 차서 깨우거나, 옆으로 돌리거나, 때로 화를 내며 침대에서 나가서 서재에서 자기도 했다.

그러나 조지의 전부가 온전히 지금 여기에 있을까?

북쪽, 해안으로 몇 킬로미터 떨어진 곳, 절벽 아래 화산암 암초에는, 물웅덩이가 많다. 썰물 때에 그곳에 갈 수 있다. 웅덩이들은 모두 연결되어 있지 않으며 각기 다르다. 상상력이 풍부한 사람이라면 웅덩이마다 이름을 붙일 수 있다. 조지, 샬럿, 케니, 스트렁크 부인. 조지를 비롯한 사람들을 우리는 편의상 개인이라는 독립체로 생각하는데, 그렇듯 웅덩이 하나도 하나의 독립체로 여길 수 있을지 모른다. 그러나 당연히, 그렇지 않다. 웅덩이의, 말하자면, '의식'이라는 물은 쫓기는 듯한 불안, 굳게 앙다문 탐욕, 생생한 직감, 단단히 달라붙은 딱딱한 껍질 속의 완고함, 깊은 곳에서 반짝이며 숨은 비밀, 표면의 빛으로 신비하게, 어쩌면 경고처럼 움직이는 불길한 단백질 유기체 등으로 가득 차 있을 것이다. 그렇게 다양한 생명체들이 어떻게 한데 존재할 수 있나? 그래야 하기 때문이다. 웅덩이를 이룬 바위는 그 생명체들의 세계를 결합한다. 그리고 썰물 때인 낮 동안, 그들은 다른 세계를 모른다.

그러나 마침내 긴 하루가 끝나고, 밀물 때인 밤이 온다. 바닷물이 밀려들어 웅덩이들을 뒤덮듯, 잠든 조지와 사람들도 다른 바닷물, 의식의 바닷물에 잠긴다. 특별히 어느 한 개인의 것이 아닌 의식, 모든 사람과 모든 것, 과거와 현재와 미래를 담은 의식, 가장 먼 별까지 쭉쭉 뻗는 의식. 우리는 확신할지도 모른다. 만조의 어둠 속에서 이 생명체들 몇몇은 웅덩이를 빠져나와서 더 깊은 바다로 떠돌아다닌다고. 그러나 떠돌던 생명체들은 낮이 되어 물이 빠지면, 무엇이라도 잡은 것을 가져올까? 그 여정을 우리에게 어떤 방식으로든 들려줄 수 있을까? 아니, 바닷물은 웅덩이 물과 다를 바 없다는 이야기를 빼고, 그 생명체들에게 이야깃거리가 있기나 할까?

침대에 있는 이 육체 안에서, 큰 펌프는 쉬지 않고 계속 작동한다. 조용히 맥박이 뛰는 이 탈것 안에서 두뇌를 맡은 일꾼들은 미세한 조정을 한다. 그 맨 위에서 일하는 일꾼들은 위험 신호밖에는 모른다. 대부분은 틀린 신호다. 겁에 질린 뇌줄기가 빨간 불빛을 깜박거리면, 침착한 대뇌겉질이 '이상 무'의 청신호로 단칼에 반박한다. 그러나 지금은 자동으로 작동 중이다. 대뇌겉질은 꾸벅꾸벅 졸고 있고, 뇌줄기는 가끔 나타나는 악몽만 알아챈다. 지금부터는 아침까지 이렇게 늘 하듯 정해진 대로 작동할 것 같다. 어떤 사고가 벌어질 가능성은 희박하다. 이 탈것의 운항 안전 성적은 뛰어나다.

그렇지만 이런 가정을 해보면 —

특정한 순간, 몇년 전 언제로 돌아가 보자. 조지가 스타보드 싸이드에 들어서서 처음으로 짐을 본 때. 아직 제대 전이어서 해군 군복을 입은 짐은 눈부시게 멋지다. 바로 그때, 조지의 관상동맥 주요 혈관 깊은 곳에서 상상할 수 없는 점진적 변화가 시작되었다고 가정해보자. 어찌어찌하여 — 의사조차 정확히 설명할 수 없는 이유로 — 혈관 내벽이 거칠어지기 시작한다. 그리고 조금씩, 매끈해야 할 내피가 거칠어진 곳 위로, 혈액에 실린 칼슘 이온이 쌓이기 시작하고…… 그렇게 서서히, 보이지 않게, 아주 비밀스럽게, 뇌에 있는 호들갑스러운 늙은 일꾼들에게는 조금의 힌트도 주지 않고, 상스럽다고 할 만한 멜로드라마 같은 상황이 꾸며진다. 죽상판 형성.

그저 가정하자는 것이다. (침대에 있는 육체는 아직 코를 골고 있다.) 있을 법하지 않은 일이다. 오늘밤이든 다른 어떤 밤이든, 그런 일이 일어나지 않는다는 내기에 수천 달러를 걸 사람도 있을 것이다. 그래도 그런 일은 오분 뒤에라도, 꽤 가능성 높게, 일어날 **수 있다.**

좋다. 지금이 바로 그 밤, 그 시각, 그 예정된 분이라고 가정하자.

이제―

침대 위의 육체는 살짝 뒤척인다. 그러나 비명을 지르지도, 깨어나지도 않는다. 즉각적이고 괴멸적인 마비가 일어날 징후는 전혀 드러나지 않는다. 대뇌겉질과 뇌줄기는 어둠속에서 인도 암살단 단원의 속도로 살해된다. 산소를 공급받지 못한 심장은 확 오그라들어서 멈춘다. 동력이 끊긴 폐도 죽는다. 몸 전체의 동맥이 수축된다. 이렇게 완전히 막히지 않았다면, 폐색이 동맥의 더 작은 줄기에서 일어났다면, 두뇌의 일꾼들은 그 일에 대처할 수 있었을지 모른다. 대뇌의 일꾼들은 기적을 이룰 수 있으니까. 시간이 있었다면, 대뇌 일꾼들은 임시 샛길을 급히 만들고, 보완할 새 통신망을 만들고, 딱지로 손상된 부위를 막았을 수도 있다. 그러나 시간이 전혀 없다. 대뇌 일꾼들은 제자리에서 사전 경고도 받지 못한 채 죽는다.

육체의 외곽 지대에 있는 세포들에는 어쩌면 몇분 더, 생명이 남아 있을지 모른다. 그러다가 하나씩, 불빛들이 꺼지고, 완전한 어둠만 남는다. 우리가 조지라고 불렀던 비非독립체의 일부가 이 손쓸 수 없는 발작의 순간에 깊은 바다로 나가서 부재했다면, 그 일부가 돌아왔을 때에는 집은 사라지고 없을 것이다. 그 일부는 여기, 침대 위, 코를 골지 않고 누워 있는 육신과 더이상 함께할 수 없기 때문이다. 이 육신은 이제 뒤뜰 쓰레기통에 있는 쓰레기와 사촌이다. 둘 다 너무 늦기 전에, 멀리 실려가서 버려져야 한다.

옮긴이의 말

첫 부분, 조지가 읽는 러스킨의 책에서 인용된 대목은 「트래픽」 (Traffic)에서 나왔으며, 프로이센과 오스트리아에 대항하는 덴마크를 영국이 돕기 꺼린 것을 비판한 대목이다. 검은 독수리는 프로이센을 상징한다.

25면, "조지는 자신을 트렁크 씨가 한 단어로 깎아내리려 한다고 생각한다. **퀴어**라고 으르렁거릴 것이 틀림없다"에서 '퀴어'는 동성애자를 경멸하는 의미로 쓴 단어다. 지금 우리 식으로 옮기자면 '호모 새끼' 정도가 맞겠지만, 당시의 분위기에 맞추어 '퀴어'라고 (한글 표준어는 아니지만) 소리 나는 대로 적어놓았다. 이제는 한글 표준어로도 등재된, 동성애자를 뜻하는 '게이'는 1970년대부터 동성애자를 가치 중립적 혹은 긍정적으로 표현하는 단어로 널리 쓰이고 있고, 이 책의 배경인 1962년만 해도 '퀴어'는 경멸 조의 단어였다. 그렇다면 요즘 '퀴어 이론' 같은 말도 있고, '퀴어 퍼레이드' '퀴어 영화제' 등 성소수자 행사에도 '퀴어'라는 말이 쓰이는데, 이것은 어찌 된 일일까. 성소수자들이 자기 정체성을 드러내는 말로 퀴어를 선택한 것은 1990년에 와서다. 1980년대말부터 조금씩 성소수자들이 '퀴어'를 자신을 드러내는 말로 되찾기 시작하다가 1990년 뉴욕 게이 프라이드 퍼레이드에서 '기묘하고 괴상하고 신비한'이라는 뜻을 가진 '퀴어'를 우리 것으로 갖자는 전단이 뿌려졌다. 비하의 뜻으로 쓰이던 단어를 당당히 자신의 것으로 취함으로써 전복적인 의지를 증폭한 이 일은 아주 빨리 자리 잡아서 이제 '퀴어'는 긍정적 의미로 쓰이게 된 것이다.

조지는 스트렁크 씨가 자신을 '퀴어'라고 업신여길 것을 알지만, 그래도 1962년이니 스트렁크 씨가 "내 가까이 오지 않는 한 그 사람이 어떻든 상관하지 않겠어" 할 것이라 생각한다. 그러나 이러한 만들어진 '교양'에 대해 나중에 조지는 강의실에서 공격한다. "우리는 소수집단이 보고 행동하는 방식을 좋아하지 않을 수 있고, 소수집단의 결함을 싫어할 수도 있습니다. 그리고 우리가 소수집단을 좋아하지 않거나 미워한다고 인정하는 것이, 가짜 자유주의적 감상주의로 우리 감정을 속이는 것보다 **낫습니다.** 우리가 스스로의 감정에 솔직하면, 안전밸브가 생깁니다. 안전밸브가 있으면, 실제로 박해를 덜 하게 됩니다." 이렇듯 미움이나 비호감을 인정하고 '무시하면 그냥 사라질 것'이라는 잘못된 '믿음'을 부수듯, 여기서 부정적으로 쓰인 '퀴어'는 이제 성소수자 스스로 자신감을 드러내는 단어가 되었다. 그리고 조지는 무서운 '조지 아저씨'가 되기도 한다.

남성 동성애자를 성도착자라 부르며 체포하라고 주장하는 언론인을 어떻게 공격할지 상상하는 조지 아저씨. 쿠바를 당장 공격해야 한다고 주장하는 상원의원은 어떻게 할까. 이 소설의 배경은 1962년 크리스마스를 앞둔 어느 하루고, 이때는 '쿠바 미사일 위기'로 고조되었던 전쟁의 긴장이 간신히 가라앉은 시점이다. 학생이 단 '미사일 반대' 배지, 전쟁에 대한 공포, 사재기한 식료품, 이런 풍경은 이 소설의 배경인 하루가 "흐루쇼프가 쿠바에서 무기를 철수하기로 합의"한 한달 뒤이기 때문이다.

조지가 강의할 때 교재로 삼은 헉슬리의 소설은 『수많은 여름 뒤』(*After Many a Summer*)다. 1939년 작인 이 소설은 20세기 초 미국 부호 윌리엄 랜돌프 허스트와 배우 매리온 데이비스가 등장인물들의 모델이었을 것이라고 추측되기도 한다.

이 소설의 배경이 된 동네는 이셔우드가 이 소설을 쓰던 당시와 이후로도 살던 동네와 흡사하며, 이셔우드가 살던 곳에는 게이바도 하나 있었다고 한다. 다만, 술집 이름은 '스타보드 싸이드'가 아니라 '프렌드 십'(Friend Ship)이었다. 조지의 나이는 책 처음에 밝혀지듯 58세이다. 크리스토퍼 이셔우드가 1904년에 태어났으니 1962년은 58세가 되는 해이다. 그렇다면 조지는 이셔우드 자신의 모습일까. 『빠리 리뷰』(*Paris Review*) 1974년 봄호에 실린 인터뷰에서 이셔우드는 조지가 자신의 모습은 전혀 아니라고 말한다. 조지 같은 인물을 정말 존경하지만, 조지처럼 의지할 곳이 아무것도 없는 상황이었다면 자신은 자살을 생각했을지 모른다고, 조지는 자신보다 뛰어나며 영웅적이라고 했다. 그 인터뷰에서 이셔우드는 가장 좋아하는 자신의 작품으로 『싱글 맨』을 꼽았다. 자신이 하고 싶었던 것을 어느정도 실현한 유일한 책이기 때문이라고 이유를 밝혔다.

2017년
조동섭

싱글 맨

초판 1쇄 발행／2017년 7월 28일
초판 3쇄 발행／2022년 7월 19일

지은이／크리스토퍼 이셔우드
옮긴이／조동섭
펴낸이／강일우
책임편집／권은경
조판／황숙화 박아경
펴낸곳／(주)창비
등록／1986년 8월 5일 제85호
주소／10881 경기도 파주시 회동길 184
전화／031-955-3333
팩시밀리／영업 031-955-3399 편집 031-955-3400
홈페이지／www.changbi.com
전자우편／lit@changbi.com

한국어판 ⓒ (주)창비 2017
ISBN 978-89-364-7366-2 03840